MASKOTTI

Olli Karila

Maskotti
ja muita jännityskertomuksia

Toimitus ja jälkisanat

Juha Järvelä

Vuosikertajännitystä 2

Kannen kuva Helsingistä vuodelta 1934: Aarne Pietinen Oy/ Museovirasto, Historian Kuvakokoelma, Pietisen kokoelma.

Jälkisanat © 2025 Juha Järvelä

ISBN: 978-952-80-8321-4

Kustantaja: BoD · Books on Demand, Mannerheimintie 12 B, 00100 Helsinki, bod@bod.fi
Kirjapaino: Libri Plureos GmbH, Friedensallee 273, 22763 Hampuri, Saksa

Jahti A 21

Pienen, jyrkän ulkoriutan kalliorannassa oli iso moottorivene ja pikkusaaren nurmikkoaukeamalla joukko miehiä. Osa heistä seisoi, joukossa kaksi virkapukuista poliisimiestä, osa istui ympäröivillä kivillä. Näistä muuan, vielä nuorehko, hienoon purjehduspukuun puettu mies tuijotti itsepintaisesti eteensä vastaamatta mitään tuomari Alanteen, poliisiupseerin, tiukkoihin sanoihin.

— Vakava neuvoni on, että tunnustaisitte koko totuuden. Selityksenne, johtaja Paunu, on mahdoton.

Puhuteltu kohotti päätään, mutta ei suinkaan katsoakseen syyttäjäänsä, vaan silmäilläkseen avoimelle merelle, jonka rauhallisessa, yksitoikkoisessa suurenmoisuudessa oli vaihteluna vain viiden kuuden kilometrin päässä näkyvä majakkasaari valkeana hohtavine tulitorneineen. Meri vain läikkyi, mutta ei aaltoillut, sen kilo koski silmiin, ja taivas oli muuttumattoman sininen hehkuttaen riutan ruskeanharmaat kalliot kuumiksi.

Johtaja Paunu vaikutti väsyneeltä. Se oli luonnollista, sillä eilisestä lähtien hän oli saanut olla jännityksessä, olipa hän sitten syyllinen taikka syytön.

Poliisiupseeri odotti maltillisesti. Hän tiesi kokemuksesta, että aika ja toistuvat, yksitoikkoiset kysymykset murtavat lujankin vastuksen, ja hän tiesi niinikään, että miehen selitys ehdottomasti oli valheellinen

Hän otti esille savukekotelon, tarjosi johtaja Paunulle, sytytti kummankin savukkeet ja istuutui lähelle kuulusteltavaansa. Kun hän alkoi puhua, hänen äänensä oli rauhallinen ja tasainen.

— Tarkastakaamme juttu vielä kerran alusta lähtien. Jos selostan väärin, korjatkaa. No niin, toissapäivänä illalla, siis kesäkuun kahdeksantenatoista päivänä klo 21 te, johtaja Paunu ja liikekumppaninne, johtaja Alvar Ulmi, lähditte purjehdusseuran laiturista jahdillanne A 21 merelle. Tarkoituksenne oli purjehtia ulkoriutoille, kalastaa, levätä ja palata kaupunkiin hyvissä ajoin ennen liikkeenne, Auto Oy:n, avaamista aamulla.

Kuulusteltava kohotti kättään.

— Meillä ei ollut mitään varsinaista suunnitelmaa. Aioin lähteä purjehtimaan ja Ulmi tarjoutui matkaan.

— Hm... no niin..., tuomari Alanne virkahti merkitsevästi. — Ulmi siis tarjoutui matkaan. Hyvä. Jatkakaamme. Te siis lähditte ja kuten on todistettu, hyvissä voimin ja hyvässä sovussa. Aamulla, eilen, kesäkuun yhdeksäntenätoista päivänä, te palasitte kaupunkiin klo 4 ja mukananne oli Ulmi, tiedottomana ja kuolettavasti loukkaantuneena, takaraivo pahasti vioittuneena. Lääkäri katsoo täysin varmaksi, että hän kuolee tuntoihinsa tulematta... on jo voinut kuollakin.

Paunu ei vastannut mitään. Poliisiupseeri jatkoi:

— Toimitettuanne loukkautuneen sairaalaan te ilmoittauduitte poliisilaitokselle klo 6,20. Kertomuksenne mukaan te molemmat olitte purjehtineet tänne ulkoriutalle, olitte aamulla varhain kalastaneet ja Ulmi oli sitten myöhemmin kiivennyt riutan korkeimmalle kohdalle, lähes pystysuoralle seinälle, hänen otteensa oli heltinyt ja hän oli suistunut takaperin rannalle, kivien joukkoon, jolloin hän oli satuttanut takaraivonsa ja loukkautunut. Niinhän?

Puhuteltu nyökäytti hiukan päätään ja hänen katseensa kohdistui merelle sivuuttaen vaiteliaina kuuntelevat miehet.

Tuomari Alanne teki kädeltään jyrkän liikkeen.

— Mutta selityksenne on ilmeisesti mahdoton. Se on valheellinen.

Tulimme tänään tänne tapahtumapaikalle, emmekä ole keksineet mitään, joka vahvistaisi kertomuksenne. Päinvastoin: olemme keksineet sellaista, joka todistaa ihan muuta. Katsokaas, kallio, jolta toverinne olisi pitänyt suistua, on melkein kauttaaltaan ylempää sammalen peitossa. Sammal on kaikkialla täysin ehyt. On mahdoton ajatella, että mies, liukuessaan pitkin kalliota, voisi jättää sammalen koskemattomaksi. Tämä on kohta n:o 1. Ja sitten: siitä lähtien, kun kävitte täällä, on vallinnut kaunis ja kirkas pouta. Jäljet eivät ole voineet hävitä. Ja kumminkaan emme alhaalla, emme hiekassa, emmekä kivillä, ole voineet keksiä jalanjälkiä emmekä verta. Tämä on kohta n:o 2. Ja kuitenkin on Ulmista tullut verta, jopa niin runsaasti, että sitä on jahdinkin kannella. Mutta on vieläkin ratkaisevampaa. Kerroitte, että kannoitte toverinne jahtiin. Miten se saattoi tapahtua? Maitse se on mahdotonta siltä paikalta, jonka osoititte. Välillä on kallionkieleke ja sen edustalla syvä vesi. Mutta vesitsekin se on mahdotonta, sillä rannan edustalla on tuolla kohtaa vedenalainen riutta, jonka yli syväkulkuinen jahtinne ei mitenkään ole voinut päästä. Ette ehkä ole sitä huomannut? Hm, minä huomasin sen jo ylhäältä ja me kokeilimme äsken. Siitä pääsee hädintuskin soutuveneelläkään.

Poliisiupseerin todisteluketju oli täydellinen. Sen tajusivat kaikki, varmasti syytetty itsekin, sillä hänen päänsä painui jälleen alemmaksi kohti vaaleanvihreää ruohomattoa. Oli jotakin ristiriitaista suurenmoisen, rauhallisen luonnon, kirkkaan avaruuden ja niiden synkkien tosiasioiden välillä, joita juuri oli esitetty.

Poliisiupseerin ääni aleni. Siinä ei ollut mitään väijyvää eikä vahingoniloista, vaan pikemminkin lujaluonteisen miehen vilpitöntä surkuttelua.

— Selityksenne on hatara ja mahdoton, johtaja Paunu. Te voitte tietysti pysyä siinä, mutta se ei auta teitä. Tosiasiallisesti voimme jättää sen laskuista pois. Minun on jatkettava. Kohta n:o 3 on siis tuo selvä mahdottomuus saada toverianne kannetuksi jahtiin väittämältänne paikaita. Minun täytyy olettaa muuta. Voi olla mahdollista, että minäkin erehdyn, mutta minun on pysytettävä tietämissäni tosiasioissa. En voi mitään sille, että minun lähtökohtani on synkempi. Se on murha.

Sana hätkähdytti kaikkia. Johtaja Paunukin liikahti ja hänen väsyneillä, tympeytyneillä kasvoillaan värähti syvä mielenliikutus. Mutta hän ei sanonut mitään

— Kun puhutaan rikoksesta, täytyy puhujalla olla perusteltu aihe olettaa jokin syy. Tässä tapauksessa se on kaksinkertainenkin. Teillä, johtaja Paunu, oli — voin melkein niin puhua, sillä Ulmi on tosiasiallisesti vainaja — teillä oli syytä vihata Ulmia sekä huonona liikekumppanina että kilpakosijana. Rikoksia on tehty vähemmästäkin syystä.

Paunu kohottautui kiivaasti. Näytti niinkuin hän olisi jotakin tällaista odottanut, mutta niinkuin se joka tapauksessa olisi häntä hämmästyttänyt.

— Tuo ei pidä paikkaansa, hän vastusti kiivaasti ja väsymys katosi hänen miellyttäviltä kasvoiltaan. — Ne asiat oli jo sovittu.

— Sitä ei ainakaan ole todistettu, poliisiupseeri väitti rauhallisesti. Minun väittämäni on sensijaan todistettua. Olen kuulustellut liikkeenne henkilökuntaa. Ja he tiesivät koko paljon, voisin sanoa: vaarallisen paljon. UImi... hm,... näyttää olleen epämiellyttävä liikekumppani... hän oli useamman kerran käyttänyt liikkeen varoja omiin yksityisiin keinotteluihinsa ja osan niistä menettänytkin, vaikka lienee sitten jotakin korvannut. Viimeksi neljää päivää sitten teillä oli hänen kanssaan ollut kiivas riita konttorissanne. Te olitte häntä nimitellyt roistoksi ja kavaltajaksi ja, kuten henkilökuntanne väitti, varmasti täydellä syyllä. Henkilökuntanne sympatiat ovat kokonaan teidän puolellanne, jonka vuoksi heidän todistuksensa on teille sitä raskauttavampi. Onko asia niin?

Paunu oli kuunnellut kärsimättömänä. Mutta hän myönsi.

— Kyllä niin oli. Alvar keinotteli omiin nimiinsä ja keinotteli päättömästi. Mutta konttorihenkilökunta ei tiedä asiasta kuin puolet.

Hän lupautui kerta kaikkiaan lopettamaan puuhailunsa ja korvaus-puolikin järjestettiin. Teimme täyden sovinnon vielä samana iltana. Ulmissa on joka tapauksessa paljon miellyttäviäkin puolia, eikä hän lopultakaan ole mikään hölmö.

— Tuo kaikki on erinomaista, jos vain voitte sen todistaa. Mutta sitten toinen asia: hän oli kilpakosijanne. Vielä viikko sitten te aiheu-titte melkein skandaalin puistossa tavatessanne hänet... erään tietyn henkilön seurasta.

Johtaja Paunu näytti kiusaantuneelta, mutta hän ei häkeltynyt.

— Kiitän, ettette ainakaan vielä maininnut mitään nimeä. Hm... niin, tapasin heidät kyllä, mutta vihastumiseni aiheutui yksinomaan siitä, että tiesin Ulmin seuran häiritsevän toista. Minulla... hm, mi-nulla on syytä luulla, ettei Ulmi enää ollut kilpakosijani... jos niin tahdotte sanoa.

— Tahdotteko sanoa, että olette siis jo kihloissa? poliisiupseeri kysyi terävästi.

— En... mutta luulisin, että olisin voinut mennä... milloin vain... tuli viivyttelevä vastaus.

Tuli hetken hiljaisuus. Poliisit, moottorimies ja tuomari Alanne näyttivät ikäänkuin vaipuneen mietteisiinsä. Sitten poliisiupseeri ko-hotti katseensa, josta kuvastui surullinen välttämättömyys.

— Vastaväitteenne tarkistetaan. Mutta tärkein on jäljellä. Lääkäri antoi minulle tänään lopullisen, tarkistetun lausuntonsa vamman laadusta. Hän ilmoitti, että murtuman takaraivoon on aiheuttanut joku keskikokoinen, raskas ja tylsä esine. Ja tosiaankin, sellainen esine on olemassa. Kun jahtia tarkastettiin, löydettiin pohjalta keskikokoi-nen vasara. Eikä siltä hyvä: tuossa vasarassa oli verta ja hiuksia. Olen verrannut hiuksia Ulmin hiuksiin: ne ovat samoja.

Äkkiä poliisiupseeri ponnahti pystyyn. Hänestä liekehti niinkuin oikeutettu suuttumus.

— Teidän olisi parasta tunnustaa, johtaja Paunu. Kertomuksenne on valheellinen. On tapahtunut rikos. Syynä on ollut oikeutettu harmi liikekumppanin epärehellisyydestä ja hillitsemätön mustasukkaisuus. Ja rikos on tehty käyttämällä rautaista vasaraa, jolla uhria on lyöty takaraivoon.

Muutkin ponnahtivat pystyyn, heidän joukossaan syytetty.

— Tuo on valhetta! hän huusi. — Minä olin antanut Ulmille anteeksi hänen kepposensa ja mihinkään mustasukkaisuuteen minulla ei ole ollut syytä.

— Seis! Tuo on liikaa väitetty. Se henkilö, josta olemme puhuneet, sanoi minulle, ettei hän ollut tehnyt mitään lopullista päätöstä.

Johtaja Paunu horjahti.

— Niinkö? Niinkö ... ja minä olin varma ... mutta tietysti hän ei päätöstä ollut tehnyt, koska en ollut häneltä mitään kysynyt ...

— Mutta vasara? tuomari muistutti

Paunu voihkaisi. — Siitä en tiedä mitään ... en ainakaan muista mitään ... sen vain tiedän, etten ole sillä häntä lyönyt ... minulla ei ole ollut mitään syytä siihen ...

Tuomari Alanne astui lähemmäksi syytettyä.

— Määrätyllä tavalla ja määrättyyn rajaan asti olen valmis teitä uskomaan, hän sanoi, mutta en usko mihinkään, ennenkuin olette peruuttanut tähänastisen kertomuksenne. Sillä se on valhetta ... ratkaisevissa kohdissa?

Loppu oli suora kysymys. Johtaja Paunu seisoi paikallaan liikahtamatta, hiukan eteenpäin kumartuneena. Hänen sileät, auringon ja tuulen ruskettamat kasvonsa värähtelivät voimakkaasti. Miehet tajusivat, että hän taisteli ankaraa taistelua, että hän oli sielullisen murtumisen kynnyksellä. Ja he käsittivät, että jos hän tunnustaisi valehdelleensa eikä samalla voisi esittää uskottavaa ja todistettavaa toista selitystä, hänen asemansa olisi auttamaton. Äkkiä Paunu kohotti katseensa. Siinä kuvastui järkähtämätön päättäväisyys.

— Minä valehtelin, hän myönsi lujasti katsoen tuomaria silmiin. — Pääasiassa olen kyllä kannallani: olen syytön. Mutta onnettomuus tapahtui toisella tavalla.

Poliisiupseeri viittasi. Kirjuri avasi lehtiönsä. Paunu istuutui ja poliisiupseeri istuutui vastapäätä.

— Kertokaa!

— Alku oli ihan niinkuin jo äskenkin kerroin, aloitti Paunu, mutta keskeytti samalla ja vilkaisi sivulleen. Toisetkin vilkaisivat samaan suuntaan.

* * *

Kaikki olivat olleet niin syventyneitä kuulusteluun, etteivät ainakaan tietoisesti olleet huomanneet raskaan meriveneen lähestymistä, veneen, josta kaksi miestä oli laskenut verkkoja riutan edustalla. Nyt oli vene vedetty rantaan ja miehet, molemmat meripuseroisia, jykeviä saaristotyyppejä, astelivat tyynesti, jos kohta uteliaasti, miesjoukkoa kohti.

Tuomari Alanne liikahti kärsimättömästi. Hetki, jota hän oli odottanut, syytetyn murtuminen avomielisyyteen, oli koittanut, ja jokainen keskeytys voisi sen pilata. Miehet lähestyivät verkalleen silmäillen tutkivasti seuruetta ja varsinkin virkapukuisia poliiseja. He tervehtivät lyhyesti ja suorasukaisesti ja heidän suurin huomionsa tuntui kiintyvän johtaja Paunuun.

— Onko jotakin hullusti? vanhempi miehistä tiedusti. — Minä olen luotsi ja majakanvartija... tuolta... ja tämä on apulainen... luotsi... tuota noin... me näimme tämän herran... tuota... eilisaamuna... ja ajattelimme, että jos täällä on mitä... kun se sattui... meillä on niin vietävän ikävää tuolla majakalla, että tulee uteliaaksi... herrahan oli eilisaamuna tällä sievällä purrella... se oli sellainen herrasjahti... A 21?

Kuumeinen loiste oli syttynyt johtaja Paunun silmiin. Äkkiä hän kumartui tuomari Alanteen puoleen ja nousten ylös veti hänet syrjään. Hän kuiskaili kiihkeästi tälle parin minuutin ajan, jonka jälkeen tuomari palasi vitkalleen luotsien luo.

— Hm... olen poliisiupseeri, tuomari Alanne, hän esittäytyi. Täällä on... hm... todellakin jotakin tapahtunut... Mikä on nimenne?

— Nakari, Paavo Nakari... ja tämä on veljenpoikani Esko Nakari...

— Sanotte nähneenne tämän herran eilisaamuna täällä? Alanne tiedusti viitaten Paunuun. — Missä olitte silloin?

— Kotona, Nakari vastasi viitaten kohti majakkasaarta.

— Siellähän me. Aioimme lähteä kalaan.

— Mutta sanoitte nähneenne? Mutta tämä välimatka...?

Nakari naurahti.

— Minulla on kerralla hyvä merikiikari. Tarkastelin ympäristöä niinkuin aina teen. Jahti oli täällä ja kaksi herraa, toinen tämä... tunnen puvusta... ja toisella oli vaaleanharmaa puku... No, samaan aikaan kulki tuolta, reittiä pitkin, iso lastilaiva. Katsoin sitä ja katselin sitten jahtia. Toinen herra... tämä... oli tuolla vesikivellä... hän kai onki... ja toinen puuhaili jahdin purjeitten kanssa... ja kiipesi sitten mastoon... juuri vähän ennenkuin lastilaivan laineet olivat ennättäneet tänne... Minä katselin miestä ja ajattelin ja sanoin tälle Eskolle, että on tuolla mies, joka ei ole ainakaan orava... nimittäin masto-orava. Ja niin sitten laineet alkoivat tyrskytä riutan kareilla, jahti kallistui aika paljon ja samassa se mies tuli mastosta alas kuin ammuttu... suoraan kannelle...

Kaikkien katseet nauliutuivat jykevään, rauhalliseen luotsiin, joka ei lainkaan ymmärtänyt sanojensa tekemää syvää vaikutusta.

Alanne huokasi syvään ja vapautuneesti. Hän meni Paunun luo ja puristi tämän kättä.

— Asia on selvä, hän sanoi, — mutta ihmeessä, mies, miksi sepititte moisen kertomuksen, joka olisi jossakin muussa maassa voinut viedä teidät suoraa päätä vaikka hirsipuuhun? Totuus on yksinkertainen ja selvä. Niin, vasara! Tosiaankin, lääkäri on sittenkin oikeassa, Ulmi sai vammansa vasarasta, mutta ei niin, että vasaralla olisi häntä lyöty, vaan hän löi itsensä vasaraan. Se oli kai kannella. Niin, niin, mutta miksi koko tuo mahdoton valhesarja, johtaja Paunu?

Paunu hymyili vaisusti.

— Minä tiesin, että nuo syyt, jotka esititte, tulisivat ilmi joka tapauksessa. Tuo mastosta putoaminen tuntui minusta uskomattomalta kerrottavaksi... ja niin päätin viime hetkessä... kävellessäni sairaalasta poliisilaitokselle... parantaa kertomustani. En ole mikään hölmö mies.

Se katse, jonka poliisiupseeri kohdisti syyttömäksi osoittautuneeseen mieheen, osoitti, että hän ajatteli toista johtaja Paunun kyvyistä. Mutta sehän ei vaikuttanut asiaan, sitäkin vähemmän, kun vielä samana iltana tuomari sai vahvistuksen luotsin todistukselle johtaja Alvar Ulmilta itseltään, joka käytännöllisesti todisti eräät lääketieteelliset otaksumat ennenaikaisiksi sekä tulemalla tajuihinsa että jäämällä henkiinkin.

Porsliinia

»Aavistan, että ... », Hjalmar Tauriolla oli tapana sanoa ja tavallisesti hän aavisti pahaa. Mutta hän harrastikin porsliinia, fajanssia, lasia ja kristallia, niin että hänen aavistelevaisuutensa oli käsitettävä. Hänen harrastukselta olivat siroja ja — särkyviä.

Nytkin hän aavisti, lähtiessään pääkaupunkiin vastaanottamaan vieraitaan, paria taidehistorioitsijaa ja arkeologia, joiden käynnistä hän tiesi himoitsemansa ulkomaalaisen tiedeseuran kirjeenvaihtojäsenyyden tulevan tai jäävän tulematta, niin, hän aavisti, mutta hänen aavistuksensa olivat nyt valoisia. Sillä hän tiesi, että hänen kokoelmansa olivat voittamattomat. Niiden aitouden takeena oli hänen keräilyintonsa ja rahansa sekä Pentti Sartin, hänen apulaisensa, tieteellinen pätevyys. Vieraat saisivat todeta sen ja hän saisi kunnian. Mutta siitä, mitä ennen tapahtuisi, siitä ei aavistus sanonut mitään.

Hjalmar Taurion valoisat aavistukset olivat voimakkaat eikä hän aavistanut vähääkään edes sitä, minkä hän olisi voinut nähdäkin, nimittäin että hänen tyttärensä Rauni ja Pentti Sartti automatkan aikana asemalle vaihtoivat tarpeettoman usein ja tarpeettoman pitkiä silmäyksiä. Herra Taurion aavistukset koskivat harvoin muuta kuin porsliinia, fajanssia, lasia ja kristallia. Hän nousi junaan huolettomana, täynnä valoisia aavistuksia, kun taas saattamassa olleet Rauni ja maisteri Sartti kääntyivät takaisin. Itsetiedottomasti hänen katseensa hyväili noita kahta, jotka olivat viehättävä pari: solakka, hiukan vakavailmeinen tyttö ja iloinen, reipas mies, jonka ilmeinen älykkyys yhtyi melkein yhtä ilmeiseen huolimattomuuteen. Niin, Sartti oli huolimaton, mutta älykäs, sen havainnon Taurio oli tehnyt, mutta onneksi talossa oli huolellinenkin henkilö, hovimestari ja isännöitsijä, jonka älykkyys sen sijaan oli varsin kohtuullisesti keskimittainen. Mutta yhdessä he olivat täydellisyys, jonka varaan hän uskalsi jättää porsliinitkin. Sitäpaitsi, talossa oli ensiluokkaiset hälytyslaitteet, joista eilen käynyt vakuutusyhtiön tarkastajakin oli antanut kiittävän lausunnon. Hjalmar Taurio poistui harvoin porsliiniensa äärestä, mutta tällä kertaa hän saattoi olla huoleton.

Kirjeenvaihtojäsenyys, joka hänelle merkitsi enemmän kuin pienelle poliitikolle ministerisalkku, oli hyvin lähellä ...

* * *

Paluumatkalla Rauni ja maisteri Sartti puhelivat hyvin vähän. Autonkuljettaja oli liian lähellä. Mutta silmät kysyivät ja vastasivat ja tämä ilmekieli oli yhtä kaunista kuin selvääkin. Eikä maisteri Sartti ollut hetkeäkään huolimaton tai hajamielinen. He ajattelivat kumpikin samaa, nimittäin lähipäivinä tapahtuvaa ratkaisua, sitä keskustelua, joka maisteri Sartilla tulisi olemaan herra Taurion kanssa ja joka ei tulisi koskettelemaan porsliinia. Kun nuo ulkomaalaiset vieraat ihastuisivat arvokkaaseen ja erinomaisesti järjestettyyn kokoelmaan ja herra Taurio, ulkomaalaisen tiedeseuran jäsenyyden häämöittäessä lähitulevaisuudessa, olisi hyvällä tuulella, silloin Sartti käyttäisi hyväkseen psykologista silmänräpäystä ja esittäisi asiansa ... Tapa ei ollut suora, mutta muutakaan ei ollut, sillä tie herra Taurion sydämeen kulki ainoastaan porsliinin kautta. Siksi oli välttämätöntä, että kokoelmat, nuo ikävät kokoelmat, olivat loistokunnossa.

— Viikon kuluttua! Rauni sanoi pehmeän uneksivasti.

— Ehkä jo ennemminkin, maisteri Sartti vahvisti toivehikkaasti ja huokasi. Viikko — se oli vuosisata, ikuisuus tai henkäys heille, ihan miltä kannalta sen otti. Tällä hetkellä se tuntui iankaikkisuudelta.

Taurion komean kartanon pääportin luona heidän autonsa sivuutti toisen, joka tuli pihamaalta. Sartti katsahti siihen, mutta ei nähnyt muuta kuin tuntemattoman ohjaajan. Hän katsoi taakseen ja havaitsi, ettei autossa kai matkustajaa ollutkaan.

* * *

— Peijakas!

Huudahdus oli harmistunut ja vilpitön ja se oli tarkoitettu lausujalle itselleen. Olikin tavallista, että Pentti Sartti kunnioitti itseään tällä ja monella muullakin samankaltaisella nimityksellä. Hän oli taas ollut huolimaton. Hän oli avannut isännälleen osoitetun kirjeen. Tosin hänellä oli oikeus yleensä niitä availla, lukuunottamatta varsinaisia yksityiskirjeitä. Tämä kirje sattui olemaan juuri sellainen. Ja tietystikin hän oli huomannut merkinnän »yksityisesti» vasta kuoren leikattuaan.

Hän kohautti olkapäitään. Tapa ei ollut kaunis, mutta se oli kuvaava. Asia oli auttamaton. Hän silmäsi kirjettä.

»Kunnioitettava Herra
Hjalmar Taurio.
Minulla on täten kunnia vielä kerran lausua sydämelliset kiitokseni suurenmoisesta ystävällisyydestänne ja vieraanvaraisuudestanne, joita sain eilen nauttia luonanne.
Kunnioittavasti
H. E. Ström, tarkastaja.»

Sartti hymyili ja hymähtikin. Kirje oli perin viaton ja mitä suurimmassa määrässä tarpeeton. Merkintä »yksityisesti» oli ihan turha. Herra Strömin kohteliaisuus oli naivia ja sitäpaitsi paperi ja kirjekuori olivat auttamattoman kehnoja tuotteita. Mutta tahto oli hyvä. Strömhän oli ollut se tarkastaja, joka oli tutkinut kartanon hälytyslaitteet. Vakuutusyhtiön puolesta. Oli kuuleman mukaan tehnyt herra Taurioon hienonlaisen vaikutuksen. Hm, hienoutta oli monta eri vivahdetta. Hän ei ollut miestä nähnyt, hän — hm — oli ollut asioilla... Raunin seurassa.

Sartti heitti kirjeen pöydälle ja haukotteli, sydämen pohjasta... mutta hänen haukotuksensa keskeytyi makeimmillaan. Hänen suunsa jäi melkein auki. Hetkeksi vain, sitten hän hillitsi itsensä. Mutta sen jälkeen hän ei enää ollut toisen haukotuksen tarpeessa.

Hän oli nähnyt jotakin, hyvin pientä ja vähäistä, mutta äärimäisen eriskummallista. Hän silmäsi vielä näkemäänsä, terävästi, mutta teennäisen välinpitämättömästi, vihelsi jotakin kolmannen luokan operettia ja lähti sitten tapaamaan isännöitsijää, veltosti ja huolimattomasti, vaikka olisikin mielellään juossut. Kokonainen ryöppy ajatuksia kirmaili hänen aivoissaan. Sartti oli kyllä huolimaton, mutta hän oli älykäs ja tarkkanäköinen. Ja hän oli nähnyt jotakin.

— Tukia, hän sanoi huolelliselle hovimestari-isännöitsijälle, — kuka toi tuon kirjeen isännälle?

— Se oli sama herra, joka kävi täällä eilen, tämä sanoi täsmällisesti.

— Ja hän lähti saman tien?

— Kyllä, vieläpä kiireesti. Hän kysyi ensin isäntää, ja kun ilmoitin, että isäntä oli lähtenyt, hän mietti hetken... niin, ja silloin soi puhelin ja minä menin vastaamaan. Ja sillä aikaa kuin olin puhelinkomerossa hän poistui jättäen kirjeen eteishallin pöydälle.

Sartti vilkastui huomattavasti.

— Vai niin, vai niin. Te ette siis nähnyt hänen poistuvan?

— Een, Tukia sanoi pitkäveteisesti. — Mutta kuulin, kuinka hän avasi ja sulki oven. Ja heti sen jälkeen lähti autokin.

— Vai niin, vai niin. Kuka soitti?

— En tiedä tosiaankaan. Kysyttiin isäntää ja minun piti selittää asia oikein perinpohjin.

— Hm. Muuten, Tukia, onko kukaan käynyt kokoelmahuoneissa sillä aikaa kuin olin poissa?

— Ei, ei mitenkään. Kuinka niin? Tukia tuntui vähän kiihtyneeltä. Sartin kysymys oli jonkun verran loukkaava, sillä kokoelmahuoneet olivat käytännöllisesti katsoen kielletyt Tukialtakin, milloin joko Taurio tai Sartti ei ollut saapuvilla. Ja hänkö muka pistäisi sinne nenänsä? Häntä ei porsliini kiinnostanut vähääkään.

Sartti puri hetken huuliaan ja ajatteli tiukasti. Sitten hän viittasi Tukian luokseen.

— Millä tavalla kirjeentuoja oli puettu?

— Hm, no . . . melkein kuin herrasmies.

Sartti hymyili hyvin heikosti. Tukian määrittelyt olivat sattuvia. Hän sanoi puoliääneen:

— Älkää hämmästykö, älkääkä huutako, kun sanon asian. Täällä, rakennuksessa, luultavastikin kokoelmahuoneissa, on nyt parhaillaan piileskelemässä varas!

Tukian kasvot saivat ilmeen, jota ei kukaan olisi voinut erehtyä luulemaan henkeväksi. Mutta hän ei päästänyt ääntäkään. Hänen silmissään oli kuitenkin epäusko.

— Niin, varas, Sartti toisti hiljaa. — Jonka Tukia on päästänyt sisään. Se kirjeentuoja ei ole ollenkaan poistunut. Hän on vain läimäyttänyt oven auki ja kiinni ja piiloutunut sitten. Auto ajoi tiehensä ilman matkustajaa. Sen näin. Kirje oli turha ja naurettava, mutta nyt ymmärrän. Puhelinsoitto oli satutettu. Ja äsken näin työhuoneestani, että työkalukomeron verho oli kokonaan vedetty aukon eteen. Asemalle lähtiessäni se oli hiukan raollaan. En erehdy. Varas on tuolla!

Ja Sartti osoitti yläkertaa.

Miehet olivat ääneti. Sartti ajatteli ja Tukia odotti määräyksiä. Hänen mielestään tilanne oli selvä ja mutkaton. Varas oli otettava kiinni ja annettava esivallan käsiin. Sensijaan Sartin mielestä tilanne oli hyvinkin epäselvä. Kyseessä oli varasjoukkue. Ainakin kolme miestä. Se, joka oli tullut taloon, autonohjaaja ja puhelimessa ollut. Ovelia ammattilaisia. Ja rohkeita. Yksi heistä oli eilen ottanut täyden selvän hälytyslaitteista »tarkastaja Ströminä». Todella taitavaa ja häi-käilemätöntä.

Ja talo oli täynnä porsliinia, lasia, kristallia, fajanssia!

Sartti tunnusti itsekseen, ettei hänellä ollut paljonkaan tietoa murtovarkaista. Mutta hän aavisteli, että tuollainen murtovaras tus-kin mielisuosiolla antautuisi. Syntyisi kamppailu. Ja porsliinit ja muut särkyisivät. Se olisi pahinta, se. Varkaan ei voinut antaa poistua saaliineenkaan. Mutta hänen kiinniottamisensa silloinkin olisi vaa-rallista: jotkin hienot porsliinit voisivat särkyä. Sartista tuntui, niin-kuin kokoelmahuoneisiin olisi päässyt härkä. Sitä ei voisi ajaa pois. Se oli houkuteltava pois. Mutta millä houkuttelisi murtovarkaan pois saaliinsa äärestä? Oh, kokoelmahuoneissa oli muutakin kuin porslii-nia. Siellä oli kultaa ja hopeaa ja helmiä ja jalokiviä ja kassakaapissa oli epäilemättä rahaakin.

Hänellä oli kyllä ylivoima. Mutta mitä vähemmän voimaa käytet-tiin, sen parempi. Sen paremmassa turvassa olisivat porsliinit. Nyt tarvittiin viekkautta, oveluutta ja järkeä.

— Odottakaa vähän! hän vain sanoi Tukialle ja laskeutui istu-maan nojatuoliin eteishallissa. Minä ajattelen.

* * *

»Tarkastaja» Strömin aika ei tuntunut ikävältä, mutta sitä jännit-tävämmältä. Hän istui työkalukomeron pöydällä, verhon takana. Hän näki kaikki eikä häntä nähty. Kaikki oli onnistunut enemmän kuin hyvin. Hän oli livahtanut sisään kaikista hälytyslaitteista huolimatta. Häntä hymyilytti, kun hän ajatteli edellisen päivän vierailua. Niin, herra Taurio oli ollut todella ystävällinen. Hän oli näytellyt sekä hä-lytyslaitteet että kokoelmat. Ström välitti vähemmän porsliinista, enemmän kullasta, hopeasta ja vanhanaikaisesta kassakaapista, jonka avaaminen ei tuottaisi ylivoimaisia vaikeuksia. Ja nyt, kun hän oli si-sällä, hän voisi tehdä parilla kädenliikkeellä hälytyslaitteet mykiksi ja sitten hän kahden toverinsa kanssa puhdistaisi talon. Se tapahtuisi puolenyön aikaan. Heillä tulisi olemaan siten ainakin noin kahdeksan tunnin etumatka.

Hän olisi polttanut savukkeen ja juonut jotakin, mitä hyvänsä. Se ei ikävä kyllä käynyt päinsä. Täytyi malttaa. Talossa oltiin vielä valveilla. Sihteeri näkyi liikuskelevan omassa huoneessaan, jonka ovi oli auki. Sen vieressä oli isännän työhuone ja siinä kassakaappi.

Ström tarkasteli sihteeriä. Mies vaikutti omituiselta. Hän vihelteli epätasaisesti, hypähtelikin väliin ja vaikutti perin iloiselta. Ja äkkiä Strömin teki mieli nauraa ääneen: sihteeri maisteli, epäilemättä.

Niin, Sartti — sehän oli hänen nimensä — oli ilmeisesti keinotekoisen iloisella tuulella. Kas, nyt mies siirtyi isännän työhuoneeseen. Ja, kas, kas! isännöitsijä kantoi sinne tarjottimen, jossa oli ainakin kolme pulloa ja laseja. Sihteeri tuntui käyttävän hyväkseen isännän poissaoloa.

Ovi huoneeseen oli auki ja Ström kuuli sihteerin sanovan isännöitsijälle:

— Jaa, jaa, tämä kyllä maistuu! Siinä on portviiniä vuodelta 1860. Hieno laji, jos Tukia mitään ymmärtää! Sopii maistaa. Ja tässä on bordeaux'ta, hitto ties alkuperää, mutta hyvää sekin! Ja skottilainen whisky kelpaa aina! jaa, jaa, nämä ovat isännän vanhoja laillisia varastoja! Hehheh, jospa hän olisikin ryhtynyt keräämään näitä porsliinin asemasta. Kippis, Tukia! Hei hei!

Isännöitsijä joi seisaaltaan, sihteeri kumosi kaksi lasillista yhteen menoon ja lähti sitten kävelemään kokoelmahuoneeseen. Ström jännittyi komerossaan. Mies oli päihdyksissä ja voisi pistää nenänsä minne hyvänsä.

Sihteeri tepasteli hiukan epävarmana, mutta hyvin iloisena hauraan, särkyvän ympäristönsä keskellä, lauleskeli, vihelteli ja puheli kaikenlaista ääneen. Isännöitsijä seisoi ovella ja silmäili pöydällä olevia pulloja.

— Kas, Tukia! Kaatakaa toki itsellenne lasillinen. Mitä hyvänsä. Nyt maistetaan!

Ja maisteri, jonka Taurio oli maininnut iästään huolimatta eteväksi tiedemieheksi, jatkoi kuljeskeluaan ja yksinpuheluaan, jonka hän kohdisti maljakoille ja kannuille, teekupeille ja lautasille. Strömin oli purtava huuleensa säästyäkseen väkivaltaiselta naurulta. Tehtävä helpponi lapselliseksi: talon ainoat mieshenkilöt olisivat epäilemättä vähän ajan kuluttua siinä kunnossa, ettei heistä olisi minkäänlaista vastusta, sillä isännöitsijäkin tuntui halukkaasti seuraavan sihteerin viittauksia.

Sihteerin kieli alkoi jo hieman sammaltaa, kun piileskelevä Ström näki nuoren ja todella kauniin tytön ilmestyvän portaitten yläpäähän. Tytön vakavissa silmissä oli syvä, kummastunut katse, jotka ensin kohdistui tepastelevaan maisteriin, sitten isännän työhuoneeseen, jonka pöydällä oli joukko pulloja ja jonka ovella isännöitsijä seisoi hämillään.

— Pentti!

Äänessä värisi ennen kaikkea kummastus. Oli niinkuin tyttö ei kerta kaikkiaan olisi voinut uskoa näkemäänsä. Selin ollut maisteri käännähti ja näki edessään Raunin... Hän ei tehnyt mitään älykästä vaikutusta lakatessaan äkkiä lauleskelustaan ja yksinpuhelustaan. Eikä hän ennättänyt sanoa mitään, kun tyttö toisti jäätävän halveksivasti »Pentti» ja kuin vihainen tuulenpuuska katosi portaita alas. Maisterin suu avautui ja hetken näytti, niin kuin hän ei olisi ollut lainkaan päihdyksissä. Mutta seuraavassa hetkessä hänen kasvoillaan oli tylsä, ylimielinen hymy ja hän sanoi hitaasti, yhtäkaikkisesti:

— Hm! Siinä meni... ja menköön...!

Ja sitten, koroittaen ääntään:

— Hei, Tukia, laittakaapa grogit!

Tämä grogi tuntui olevan se, joka oli maisterille liikaa. Hän horjahti pöytää vasten isännän työhuoneessa ja ilmoitti sameasti, että häntä nukutti. Ja isännöitsijä auttoi hänet pystyyn ja lähti taluttamaan alakertaan. Ja Ström olisi voinut lyödä vetoa siitä, etteivät hänenkään jalkansa olleet enää varmat. Kuitenkin hän oli niin huolellinen, että lähtiessään sammutti eteishallista valon. Ström kuuli miesten hiljalleen laskeutuvan portaita.

— Puolen tunninkuluttua nukkuu kumpikin kuin tukki, hän sanoi itsekseen ja katsoi kelloaan. Hän selviytyisi työstään laskettuakin aikaisemmin ja — varmasti. Kuin hyväillen liukui hänen katseensa verhon lomitse isännän työhuoneeseen, jonka pöydällä oli pulloja... Strömin oli jano ja pullojen näkeminen sitä vain kiihdytti. Whiskyä, portviiniä, bordeaux'ta! Valikoima oli erinomainen.

Hän odotti. Talossa oli hiljaista ja pimeää, isännän työhuonetta lukuunottamatta. Sihteeri ja isännöitsijä nukkuivat. Tytär oli vihastunut. Epäilemättä myös rakastunut. Tragikomedia! Tyttö pysyisi huoneessaan, eikä se ollut lähelläkään. Autonkuljettaja asui sivurakennuksessa. Vain isännöitsijän vaimo ja sisäkkö olivat enää talossa, niin, ja ehkä keittäjätär. Niistä ei olisi mitään vaaraa.

Neljänkymmenen minuutin kuluttua »tarkastaja» Ström lähti liikkeelle. Hän oli vetänyt pehmeät tossut kenkiensä ylle. Hän oli äänetön olio, vaikka hänen olemuksensa olikin suuri ja kömpelö ja karkea, jyrkkä ja vaarallinen vastakohta hauraalle, särkyvälle ympäristölleen.

Kahden minuutin kuluttua hälytyslaitteet oli tehty vaarattomiksi, ja vajaan kymmenen minuutin kuluttua Ström johdatti kaksi rikostoveriaan kokoelmasaleihin ja muualle.

Miehet eivät keskustelleet paljonkaan. He tiesivät tehtävänsä ja kiinnittivät vain siihen huomionsa. Porsliini ei heitä erikoisemmin viehättänyt, mutta kuitenkin arvoltaan huikea osa siitä joutui heidän erikoissäkkeihinsä, joukko pieniä, keveitä ja siroja esineitä, joitten koko ja hinta oli kääntäen verrannollinen. Mutta he eivät halveksineet mitään muutakaan. He tyhjensivät ruokasalin astiakaluston hopeaosat. Kymmenkunnan taulun kankaat leikattiin irti ja kääritiin kokoon. Lasikaappien pienet hopea-, kulta- ja jalokiviesineet hävisivät osittain taskuihin, osittain pieneen laukkuun.

— Viekää kaikki autoon ja tulkaa takaisin. Minä tarkastan kassakaapin, Ström määräsi, ja hänen käskyään toteltiin. Miehet katosivat taakkoineen ja Ström astui valaistuun työhuoneeseen. Hän mietti hetken ja sammutti sitten valon. Niin oli varmempaa.

Talossa vallitsi täydellinen hiljaisuus. Ström sytytti oman käsilamppunsa, ja sen valon osuessa pöydälle, näki hän pullojen vieressä jotakin, joka sai hänet heikosti viheltämään — suurehkon avainkimpun.

Tosiaankin, heillä oli onnea enemmän kuin oli kohtuullista. Kassakaappia ei tarvitsisi murtaa. Hän voisi avata sen — sen omalla avaimella!

Hän tarttui avainkimppuun ja ryhtyi koettelemaan. Avainkimppu oli suuri, siinä oli ainakin kolmekymmentä erilaista avainta, ja Ström oli turhaan ehtinyt koetella ainakin tusinaa, kun hänen rikostoverinsa palasivat.

— Hyvä tulee! Ström rauhoitti näitä kuiskaten ja kohottautui avaimia tutkimaan. Valo lankesi pöydälle ja pulloihin.

— Heh! toinen miehistä sanoi. — Juotavaa! Me olemme tosiaankin ansainneet ryypyn!

Ström tunsi äkkiä vastustamatonta janoa. Odotus, jännitys, äskeinen puuhailu janottivat. Hän nyökkäsi, ja pian miehet olivat kukin saaneet tarjoilupöydältä puhtaat lasit, soodaa ja työpöydältä whiskyä. Kukin sekoitti itselleen vahvan grogin, siemaisi sen yhdellä kertaa, pyyhki lasinsa ja asetti sen takaisin tarjoilupöydälle. Oli turha jättää jälkiä kolmesta miehestä. Strömin toverit ojentautuivat istumaan tuoleille ja Ström laskeutui lattialle, ryhtyen jatkamaan avainten koettelua. Grogi virkisti ja tyynnytti . . . Työ olisi pian tehty.

* * *

Raunia ei nukuttanut. Hän oli niin hämmästynyt, että suuttumuskin suli tuohon tunteeseen. Pentti oli ollut päihdyksissä! Oli puhellut itsekseen, lauleskellut ja horjunut! Se oli yhtä mahdotonta kuin jos isä olisi noussut pöydälle tanssimaan.

Eikä Pentti ollut tullut selittämäänkään.

Nyt oli hiljaista. Oudon levottomana Rauni nousi ylös ja päätti hakea kirjastohuoneesta jonkun kirjan. Hän nousi yläkertaan ja kulki Pentin ja isän työhuoneen ohi valoja sytyttämättä. Isän työhuoneen ovi oli auki ja sen seinälle heijastui outo valo.

Tyttö pysähtyi ja katseli, mutta ei voinut ymmärtää valon lähdettä. Valojuova oli kirkas, voimakas ja kapea. Hän aukaisi ovea . . .

Naisen pelästynyt, tukahtunut huuto kaikui hallissa, mutta sittenkään Rauni ei menettänyt käsityskykyään. Lattialla olevan käsilampun valossa hän näki huoneessa kolme vierasta, tuntematonta miestä. Kaksi heistä istui nojatuoleissa, kolmas lattialla kassakaappiin nojaten.

He kaikki — nukkuivat.

Viiden minuutin kuluttua oli paikalle saapunut Raunin lisäksi autonohjaaja, isännöitsijän vaimo ja sisäkkö. Maisteri Sartti ja isännöitsijä eivät olleet paikalla.

He nukkuivat — herätysyrityksistä huolimatta.

Autonkuljettaja sitoi nukkuvat, tuntemattomat miehet käsistä ja jaloista, jääden heitä vartioimaan ase kourassa. Aamulla saisivat viranomaiset vaatia heiltä asianmukaiset selitykset. Miesten unta, syvää, rauhallista unta ei vain kukaan vielä ymmärtänyt.

* * *

Pentti Sartti tunsi nousevansa kuin pohjattomasta syvyydestä kun hän aamupuolella heräsi. Viiden minuutin kuluttua hän oli likipitäen selvillä tapahtuneesta ja sanoi itselleen »peijakas»! Ja muutakin. Hän oli ollut huolimaton. Hän oli sekoittanut — varasta varten — yhteen whiskypulloon unilääkettä ja jättänyt sekoitetun tähteen, joka ei mahtunut pulloon, huolimattomasti pöydälle ruokasalissa. Ja huolellinen Tukia oli kaatanut tuon tähteen, mitään tietämättä siihen pulloon, jossa oli melkein pelkkää vettä, whiskyä vain väriksi, ja joka oli tarkoitettu sitä komediaa varten, jonka hän kiireessä oli keksinyt varkaan saattamiseksi ansaan ja porsliinin pelastamiseksi.

Oh, keino oli sukkela, mutta hän oli ollut taaskin kirotun huolimaton. Ja Tukia liiankin huolellinen. He olivat siis — nukkuneet kaiken ohi.

Hitaasti hän raahusti yläkertaan ja pysähtyi kuin naulittuna ovelle. Hän näki autonohjaajan parabellum kädessä ja kolme köytettyä miestä... kolme. Hänen pyydyksensä oli sittenkin toiminut — hänen nukkuessaankin.

— Kuka, kuka nämä löysi? hän tiedusteli käheästi.

— Neiti Taurio, autonohjaaja selitti, auliisti kertoen, mitä tiesi. Sartti nielaisi. Tämä oli liian hullua ollakseen totta... hän oli onnistunut epäonnistuessaankin tai päinvastoin. Kuitenkin — pääasia oli, että porsliinit oli pelastettu rikkoutumattomina. Kassakaappi oli eheä ja avainkimppu, tahallaan jätetty, jossa ei ollut kaapin avaimia, oli sekin tallella. Ja puutarhan takaa oli jo keksitty autokin kalleine lasteineen. Suurin piirtein kaikki oli kunnossa. Nyt oli vain asetettava tytön vihastus. Sartti tunsi katumusta, kun hän laskeutui alakertaan aamua odottamaan. Olisi ollut parasta perehdyttää tyttö tilanteeseen...

* * *

Seuraavan viikon aikana Sartti oli huolellinen. Tuloksena oli, että herra Taurio sai varmuuden pääsystään tuohon tiedeseuraan, että ulkomaalaiset olivat ihastuneet sekä kokoelmaan että Raunin kertomukseen huolimattoman miehen seikkailusta sekä että — mikä Sartin mielestä oli tärkeintä — herra Taurio aivan huomaamattaan hyväksyi hänen esityksensä, joka ei koskenut porsliinia, vaan Raunin ja hänen omaa tulevaisuuttaan. Kuitenkin Rauni oli antanut hänen odottaa kolme päivää ennenkuin hyväksyi hänen selityksensä. Ja ne kolme päivää eivät olleet Sartille helpompia.

Jerikon kauppias

Hän ei ollut saanut minuuttiakaan liikaa etumatkaa. Samassa kuin Taneli Kymi pääsi metsikön reunaan, hän näki poliisiauton jo tulevan tietä pitkin.

Hän pysähtyi ja katseli. Häntä itseään poliisit eivät nyt saisi käsiinsä. Mutta muu oli menetetty, sen hän aavisti. Kirottua, että hänen pitikin ajaa suoraan piilopaikkaansa!

Poliisiauto pysähtyi portin eteen. Niin, tietysti, maa oli kostea ja kuminjäljet selvät. Ne osoittaisivat tien perille asti, hylätyn tehtaan vanhaan varastorakennukseen, jonne hän oli ajanut auton, uuden, kalliin, harmaan Cadillacin kalleine lasteineen.

Hän seisoi ja odotti. Mutta sitten hän melkein huudahti ääneen. Poliisit eivät avanneet porttia. He eivät lähteneet varastorakennusta kohti. He nousivat autoon ja ajoivat eteenpäin... Auto hävisi näkyvistä mutkan taa, mutta sen surina kuului... hetken... sitten se äkkiä lakkasi.

Taneli Kymi seisoi paikallaan metsän reunassa, kuulosti ja mietti. Hitaasti, hyvin hitaasti levisi ilkeä ja juro hymy hänen kasvoilleen. Hän alkoi aavistaa ja ymmärtää...

— Vai niin, vai niin, hän lausahti melkein ääneen ja hänen mielensä, joka äsken oli ollut tulvillaan katkeruutta, alkoi verkalleen kirkastua.

Ehkä, ehkäpä kaikki ei ollutkaan vielä menetetty...

Luoden vaanivan katseen ympärilleen hän laskeutui polulle ja lähti kiireesti kulkemaan kohti esikaupungin keskustaa. Suunnitelma, häikäilemätön suunnitelma muovautui pikkuhiljalleen hänen ovelissa aivoissaan.

* * *

— Syykö? Taneli toisti pitkäveteisesti ja katsoi toista, puhekumppaniaan. — Syy on se, että olen joutunut melkein kiinni. Minun on äkkiä hävittävä näiltä mailta. Tänä iltana tai ainakin yöllä.

Tanelin ääni oli luottava ja vilpitön. Se tehosi Pekka livariseen. Ja, lopultakin, Tanelihan puhui totta. Hänhän olikin melkein paljastettu ja parasta, niin ainoa, minkä hän saattoi tehdä oli kiireesti paeta paikkakunnalta liikoja jälkiä jättämättä.

Pekka livarinen mietti. Hänellä olikin syytä miettiä. Taneli Kymi oli tarjonnut hänelle autonsa, uuden, harmaan Cadillacin, lasteineen. Nyt heti. Melkein pilkkahinnasta! Ja ... ja, Pekka livarisella oli rahaa, riittävästi eikä hän niitä voisi sijoittaa sen edullisemmin. Lastin hän voisi myydä heti. Se saisi ollakin viimeinen lasti. Ja autolla hän voisi aloittaa rehellisen liikennöinnin, pääasiallisesti rehellisen. Vain joskus, erikoisen varmoissa ja houkuttelevissa tapauksissa, voisi turvautua entisiinkin keinoihin.

Mutta... mutta, Taneli ei ollut hänen ystäviään. Itse asiassa hän vihasi Tanelia ja oli tehnyt tälle parikin kertaa pahan palveluksen. Salaisesti tietysti, mutta Pekka livarinen ei ollut oikein varma, tokko Taneli oli tietämätön hänen osuudestaan noina parina kertana. Ja siksi hän salaisesti pelkäsi ja kaihtoi Tanelia. Hän tiesi, ettei Taneli vähiä säikkynyt ja että hän osasi antaa iskun iskusta, mieluimmin tusinankin iskuja yhdestä. Ja siksi hän uumoili jotakin juonta, jotakin ansaa, kun Taneli tarjosi hänelle autoaan, ensiluokkaista autoaan, ja tarjosi hinnalla, jolla ei voisi saada mitään välttävääkään.

— Mitenkä sulle niin kävi? hän siksi tiedusti Tanelilta.

Toinen silmäsi häneen hävyttömästi ja epäluuloisesti.

— Kuules, jos sinä luulet, että minä rupean tässä sinulle tunnustuksia latelemaan, niin erehdytpä. Minä olen pahassa pinteessä, pirun pahassa olenkin ja se saa riittää. Minä en aio hankkia, missään tapauksessa, liikoja todistajia itseäni vastaan. Kun et mitään tiedä, et voi mitään kertoakaan. Onko selvä?

— Selvähän se, Pekan oli myönnettävä.

— Ja päätä pian, mitä päätät. Minulla ei ole aikaa. Minun on lähdettävä ja pian. Jos et huoli autosta, niin ole huolimatta. Luulenpa melkein, että sillä hinnalla sen saan kyllä tämän yön seutuun myydyksi. No?

Pekka Iivarinen tunsi olevansa kamalassa kiusauksessa. Tanelin esittämä kauppa oli huikean edullinen. Milloinkaan hänelle ei ollut sellaista tilaisuutta tarjoutunut eikä hän uskonut, että tuollainen uusiutuisikaan. Mutta... mutta, hänen omatuntonsa, sikäli kuin sellaisesta yleensä saattoi puhuakaan, ei ollut rauhallinen Taneliin nähden. Jospa tämä oli ansa, Tanelin laatima, kostoksi entisistä?

Tanelin osittainen avomielisyys rauhoitti häntä. Syy oli pätevä. Ja Tanelin vastenmielisyys selitellä tarkemmin asemaansa oli luonnollinen. Kukapa rupeaisi ehdoin tahdoin tunnustuksille!

Pekka Iivarinen, pieni, lihavahko mies, nousi ylös jonkun verran juhlallisesti, mikä vaikutti koomilliselta, ja lausui käheästi:

— Hyvä on. Ostan auton. Mutta vain yhdellä ehdolla.

Tanelin silmissä välähti. Hänkin ojentautui täyteen pituuteensa, suuri ja harteikas, kömpelö mies, jolla kuitenkin oli kärpän oveluus.

— Ja ehto?

— On se, että käymme nyt heti katsomassa autoa. En minä sentään sikaa säkissä osta.

Pekan äänessä oli ratkaiseva sävy. Taneli tunsi poskiensa kuumenevan. Pekan ehto oli vaarallinen hänelle, Tanelille, mutta ei mahdoton. Täytyi uskaltaa ja pelastaa mikä oli vielä pelastettavissa.

— Lähdetään! Taneli virkkoi rauhallisesti, kumosi viimeisen ryypyn, painoi hatun silmilleen ja kääntyi ovelle.

28

Miehet lähtivät ulos yöhön. Miehet kulkivat kiireesti, mitään puhumatta, kunnes Pekka uskalsi tiedustaa, missä auto oli.

— Näet kohta, Taneli virkkoi lyhyesti ja vastahakoisesti.

He kulkivat pimeitä, kiemurtelevia kujia pitkin aina esikaupungin liepeille saakka. Tienoo alkoi jo vähitellen muistuttaa maaseutua. Taneli pysähtyi hetkeksi ja kuiskasi käskevästi:

— Varasto on lähellä. Suu kiinni ja muutenkin hiljaa.

He kulkivat pienen metsikön kautta melkein äänettömästi. Metsä loppui ja aivan lähellä oli puoliksi maahan vajonnut aita. Taneli hinautui sen yli ja auttoi Pekkaa, joka hämärästi näki melko lähellä häämöittävän suurehkon, pimeän rakennuksen. He lähestyivät sitä takaapäin.

Taneli avasi pienen takaoven ja laski Pekan ohitseen, minkä jälkeen hän sulki oven. Sitten hän sytytti taskulamppunsa ja sen kapea valojuova sattui pian suureen, harmaaseen autoon, joka oli keskellä laajaa varastorakennusta.

Miehet eivät tuhlanneet monta sanaa keskusteluun. Taskulampun valossa Pekka tutki ja havaitsi sen olevan täydessä kunnossa. Sitten hän silmäsi myös lastin.

— Selvä, Pekka viimein kuiskasi innostuneena. — Avaa vain yksi laatikko. Tuo!

Taneli veti autosta Pekan osoittaman laatikon, laski sen permannolle ja suuren kääntöpääveitsensä avulla hän piankin oli sen kätevästi avannut. Pekka työnsi taskuihinsa kaksi olkipäällysteistä pulloa.

Lähdetään.

* * *

Vajaan tunnin kuluttua miehet istuivat jälleen Pekka livarisen luona ja viimeinenkin epäröinti oli hävinnyt Pekasta. Kauppa oli todella liian edullinen, jotta olisi voinut epäröidä. Tanelin täytyi olla pahassa pulassa, kun taipui sellaiseen. Mutta sehän oli hänen asiansa. Hän, Pekka, ei tuntenut enää mitään halua udella Tanelin pulaa tarkemmin.

Toisesta mukana tuomastaan pullosta hän kaatoi laseihin, maistoi ja irvisti:

— Aine on hyvää. No, nyt kai on paras päättää kauppa. Ja tehdä jonkunlaiset paperit.

Taneli nyökkäsi synkkänä. — Rahat käteen?

— Tietysti, Pekka vahvisti ja alkoi hiljalleen laatia jonkinlaista kauppakirjaa ja kuittia. Äkkiä Taneli tarttui hänen käsivarteensa.

— Kuules, jos minä... tuota... sattuisin joutumaan kiinni, niin sinulle kai olisi parasta, että paperi on päivätty aikaisemmin?

— Kas, enpä tuota tullut ajatelleeksi, Pekka myönsi ilahtuen. Se on kyllä pian autettu.

Ja hän päiväsi kaupan tapahtuneeksi neljä päivää aikaisemmin. Hetkeäkään hän ei tullut ajatelleeksi, että hän täten antoi Tanelille kirjallisen todistuksen siitä, ettei tällä viime päivinä ollut mitään tekemistä auton ja sen lastin kanssa.

Hän allekirjoitti paperin ja ojensi sen Tanelille. Tämä tarttui kynään, mutta sanoikin äkkiä:

— Jaa, saatpa antaa hiukan kaupantekiäisiä. Mulla on kello epäkunnossa enkä viitsi lähteä nyt yöllä ostelemaan. Annappa omasi.

Pekka livarinen pidätti hymynsä. Hänen kellonsa... no, sen hän saattoi kyllä tässä tapauksessa luovuttaa, vaikka tuskinpa Tanelilla olisi siitä mitään iloa.

Taneli allekirjoitti ja Pekka luki pöydälle kasan, suurehkon kasan uusia ja vanhoja, puhtaita ja likaisia seteleitä ja asetti niiden viereen kellonsa.

Viiden minuutin kuluttua Taneli Kymi lähti. Hän sanoi hyvästit ja ilmoitti, että viimeistään aamulla hän olisi poissa. Hänellä oli valmis suunnitelma, vaikka hän siitä ei mitään puhunut. Hän tunsi muutaman tervahöyryn kipparin...

* * *

30

Aamupäivällä, seuraavana päivänä, Pekka Iivarinen ei aavistellut eikä pelännyt mitään lähestyessään varastorakennusta, jonka pääoven avaimet Taneli oli hänelle antanut. Hän avasi oven selkoselälleen, nousi autoon ja painoi sytytystä. Moottori alkoi heti toimia ja ohjaustankoon tarttuen Pekka Iivarinen taitavasti peräytti auton pihalle. Noustessaan autosta hän joutui silmätysten kolmen miehen kanssa, jotka olivat tulleet portista. Yksi ainoa katse oli kylliksi: Pekka Iivarinen tiesi senkin, että tulijat olivat poliiseja ja tiesi senkin, etteivät ne tulleet sattumalta.

Taneli Kymi oli sittenkin petkuttanut hänet. Ja kostanut entiset, aavistamansa kolttoset. Hän oli myynyt Pekalle satimeen joutuneen, vartioidun autonsa, myynyt sen kylläkin pilkkahintaan, mutta sittenkin välttynyt perinpohjaiselta tappiolta. Hänen, Pekka Iivarisen, olisi mahdoton todistaa itseään syyttömäksi. Vastarintaa ei voinut ajatellakaan.

Kymmenen minuutin kuluttua Pekka Iivarinen ajoi kolmen poliisin kanssa, jotka olivat koko yön vartioineet, poliisilaitokselle. Hän kertoisi koko totuuden, o ja vain sen, ja hän mietti ainoastaan sitä, miten hän voisi tuhon ulottaa myös Taneliin.

Pekka Iivarisen kuulustelu muuttui tavattoman helpoksi, vaikkakin hänen selityksensä tuntui oudolta. Hän mainitsi myös auliisti joukon todennäköisiä osoitteita, joiden mukaan Taneli voitaisiin pidättää. Mutta hän ei uskonut, että siinä onnistuttaisiin. Epäilemättä Taneli oli jo kadonnut.

Hänen päätelmänsä olisivatkin olleet oikeat, ellei Taneli olisi saanut hänen kelloaan. Kello jätätti, se jätätti huikeasti, ja silloin, kun Tanelin olisi pitänyt olla jo tervahöyryssä, hän vielä nukkui. Eikä hän ollut ehtinyt poistua tilapäisestä majapaikastaan silloinkaan, kun Pekan antamien osoitteiden mukaan kiirehtivät poliisit saapuivat hänen luokseen.

Tietämättään Pekka Iivarinen sai kuitatuksi laskunsa ennenkuin aavistikaan.

Musta kissa

— Kissa! rouva Saurio huudahti kärsimättömästi. — Tuo kissa on sietämätön.

Sulavin liikkein kissa hyppäsi sohvalta, jonka nojalle asetetun tuhka-astian se oli kaatanut, ja loikki lattian yli kohti herra Saurion nojatuolin, missä tämä istui lukien aamulehtiä. Kissa putosi pehmeästi hänen polvilleen. Lukeminen keskeytyi. Isännän käsi laskeutui silittämään kiiltomustaa, valkeakäpäläistä eläintä, joka ensi kosketuksella rauhoittui ja kiertyi kehrääväksi keräksi.

Nuori rouva katsoi moittivasti tätä idyllistä ryhmää.

— Kissa kaatoi tuhka-astian tästä, hän selitti hiukan terävästi.

— Hm, mutta tuo tuskin oli oikea paikka tuhka-astialle, hänen miehensä huomautti, hänkin jonkun verran terävästi.

— Kissa on hävitettävä, rouva sanoi taistelunhaluisesti. — Lähetettävä pois tai ...

— Tai mitä?

Tuli hetken hiljaisuus. Nähtävästi rouva mietti seuraavaa lausetta.

Niin. herrasväki Saurion avioliiselle taivaalle oli ilmestynyt tumma pilvi tuon pienen mustan, valkotassuisen kissan hahmossa, jonka herra Saurio oli eräänä päivänä tuonut mukanaan. Nuori rouva tunsi sitä kohtaan vastenmielisyyttä, josta puolet aiheutui lapsellisesta mustasukkaisuudesta ja toinen puoli loukatusta itserakkaudesta, kun herra Saurio ei ollut neuvotellut hänen kanssaan ennen kissan hankkimista. Ilmassa oli ollut jatkuvaa jännitystä, joka väliin purkautui ulkonaisesti hillittyihin, mutta pohjaltaan särmikkäisiin keskusteluihin.

Niin olisi epäilemättä käynyt nytkin, ellei kartanon miespalvelija olisi koputtanut ovelle ja, saatuaan kehoituksen astua sisään, ojentanut herra Saariolle nimikorttia.

— Herra odottaa alahallissa, palvelija ilmoitti. Herra Saurio vilkaisi korttiin. Knut Bergman. Ei muuta. Täysin tuntematon.

— Hyvä on, herra Saurio sanoi. Pyytäkää vieras vierashuoneen.

Herra Saurio vaihtoi kotitakkinsa toiseen ja laskeutui alakertaan, musta kissa kantapäillään.

Vieras oli epämääräisen ikäinen ja epämääräisen hieno. Hänen asiansakin osoittautui olevaa epämääräisen laatuinen. Hän pyysi yleensä tietoja paikkakunnasta, jonka luonnonkauneus oli häneen tehnyt, niin kuin hän vakuutti, unohtumattoman vaikutuksen. Hänellä oli varoja, ei rajattomasti, mutta riittävästi. Hän aikoi asettua paikkakunnalle, jos hänen onnistuisi ostaa sopiva tila ja talo. Hän oli jo tehnyt hiukan tiedusteluja ja häntä oli kehotettu kääntymään Tammelan kartanon omistajan, herra Saurion puoleen. Siksi hän oli rohjennut tulla ja tunkeutua nyt tänne, ja pyytäen anteeksi rohkeuttaan, hän toivoi, että herra Saurio voisi häntä auttaa.

Herra Bergmanin käytös oli luontevaa ja keskustelu sujuvaa. Hänen toivomuksensa täytettiin. Ja ennen kuin vieras oli poistunut, oli hän syönyt lounaan, saanut runsaan joukon paikallistietoja ja melko hyvin perehtynyt Tammelan kartanoon sekä sisä- että ulkopuolelta. Isäntäväki oli hiukan huvitettukin hänen vierailustaan ja ehtymättömästä uteliaisuudestaan. Molemmin puolin erottiin, ellei ystävinä, niin hyvinä tuttavina. Vain musta kissa oli pidättyväinen. Vieraan tarjoamat sokerimurutkaan eivät saaneet sitä osoittamaan ystävällisyyttään.

Koko ajan se oli pysytellyt taka-alalla.

* * *

Herra Knut Bergman oli puhunut totta Tammelassa käydessään, ainakin pääasiallisesti. Hän oli todellakin toimittanut tiedusteluja, vieläpä varsin yksityiskohtaisia ja jonkunverran arkaluontoisiakin. Sitä paitsi hän oli pitänyt silmänsä ja korvansa auki Tammelassa käydessään ja kiinnittänyt huomionsa seikkoihin, joita hänen isäntäväkensä ei aavistanutkaan hänen tarkastelevan.

Herra Bergman matkusti paikkakunnalta iltapäivällä — lähimmälle pysäkille, josta matkaa Tammistoon oli vain noin kahdeksan kilometriä. Kevätilta oli raikas ja kaunis, kun herra Bergman hämärissä, tasaisesti ja kiirettä pitämättä asteli metsien kautta polkua pitkin. Hän oli vaihtanut vaatetuksensa ja nykyisessä asussaan hänessä oli vaikea huomata mitään hienoutta.

Herra Bergman oli tyytyväinen, jopa siinä määrässä, että hän antautui kuvitteluihin ja oli jo pitävillään kädessään Tammelan kartanon perhekalleuksia, joista varsinkin helmikoristeet olivat paikkakunnalla kuuluja. Niinpä niin, ja harvoin oli »maasto» niin perinpohjin tutkittu kuin nyt. Totisesti, se ei tuottaisi yllätyksiä. Hän tunsi huoneitten sijoituksen, käytävät, ovet ja ikkunat; tiesi, missä kukin nukkuisi; tiesi, missä oli vaaratonta ja missä vaarallista.

Ilta hämärtyi yhä enemmän. Oli alkanut tuulla, ja taivas peittyi pilviin. Herra Bergmanin mieliala kohosi aste asteelta. Luontokin näytti suosivan hänen yritystään, joka, mikäli se täydelleen onnistuisi, muodostuisi hänen viimeisekseen ainakin pitkiin aikoihin. Sillä niin kuin hän oli sanonut, hän oli varoissaan, vaikka ei niin suurissa, että olisi voinut voittaa Tammelan perhekalleuksien houkutuksen. Saalis oli liian suuri ja liian helppo, jolta siitä olisi voinut luopua. Ja olihan työskentelypaikka viattomalla maaseudulla, missä ei osattu varoa sellaisia herrasmiehiä, joita eivät peloittaneet kaupunkipaikkojen nerokkaimmatkaan hälyytyslaitteet.

Herra Bergman istahti tiepuoleen kivelle, sytytti savukkeen ja vilkasi kelloaan. Se ei ollut vielä yhtätoistakaan. Ja hän oli jo melkein perillä. Täytyi odottaa. Oli vielä liian aikaista. Joku saattoi vielä valvoa kartanossa.

Herra Bergman sujutti kätensä taskuun ja veti sieltä esille säämiskänahkaisen pussin. Se sisälsi joukon hienonhienoja teräksisiä työkaluja. Hän tarkasti ne huolellisesti. Ne olivat kunnossa. Herra Bergman hymyili hiukan ylimielisesti, kun hän ajatteli sitä yksinkertaista teräslipasta, jossa perhekalleuksia säilytettiin. Lapsellista väkeä, tuo herrasväki Saurio, kun eivät vieneet niitä pankin kassaholviin. Mutta pankki oli kaukana ja säilyttäminen siellä siis epämukavaa.

Eikä talossa ollut edes koiraa! Ajatella! Tähän seikkaan herra Bergman oli erittäin tyytyväinen. Hän tunsi voittamatonta arkuutta koiria kohtaan. Niitä ei saanut hiljennetyksi muuten kuin veitsellä ja veitsen käyttö pakoitti astumaan aivan lähelle. Mutta nyt ei ollut hätää. Ei ainoatakaan koiraa, ei edes metsästyskoiria. Herra Saurio ei harrastanut metsästystä. Hän kasvatti kukkia. Murtovarkaan kannalta tämä viehättävän runollinen askartelu oli mitä suositeltavinta.

Herra Bergman sytytti toisenkin savukkeen ja poltti sen hitaasti mietiskellen. Pimeys tiheni, kun alkoi tihuttaen sataa. Herra Bergman viskasi pois savukkeen, nosti kauluksensa ja lähti liikkeelle. Matkaa oli arvion mukaan noin puolisen kilometriä. Hän olisi perillä aivan oikeaan aikaan.

Hän poikkesi tieltä ja tunkeutui harvahkoon metsään, joka ulottui melkein puutarhaan saakka. Ja aivan oikein, hän ei ollut kulkenut vähääkään harhaan. Tuossa oli puutarhan aita. Se oli korkeahko piikkilanka-aita.

Herra Bergman etsi pussistaan tarpeellisen työkalun. Kuului pari napsahdusta ja yksi langoista oli poikki. Herra Bergman pujoittautui aukosta, mutta vaikka hän oli varovainen, hän tunsi, että alempi lanka viilsi hänen housuihinsa reiän. Se oli kiusallista, mutta auttamatonta.

Puutarha oli laaja ja paikoin tiheä. Se kiersi päärakennuksen joka puolelta. Puitten ja pensaitten suojassa herra Bergman hiipi ympäri talon. Pienintäkään valonpilkahdusta ei näkynyt missään. No niin, oltiinhan maalla ja kello osoitti jo yli puolenyön.

Mutta herra Bergman ei hätiköinyt. Saattoihan olla niin, että vaikka kaikki jo olivat vuoteessa, joka siitä huolimatta ei vielä ollut nukkunut. Hänellä oli aikaa ja kärsivällisyyttä Ja herra Bergman istahti pensaitten suojassa olevalle puutarhapenkille. Tupakoida ei uskaltanut, mutta lauha sade, mullan ja lehtien tuoksu ja vesipisaroitten hillitty tipahtelu tarjosivat riittävästi nautintoa. Herra Bergmanilla ei ollut valittamisen syytä. Hän istui paikallaan noin tunnin. Pienintäkään liikettä hän ei ollut havainnut, vähintäkään ääntä kuullut. Kartanossa nukuttiin varmasti.

Toiminnan hetki oli tullut.

Palotikkaat nousivat aivan yläkerroksen parvekkeen vieritse. Pääsy taloon ei siten tuottanut mitään vaikeuksia. Parvekkeen ovi tuskin oli lukossakaan.

Tikkaitten juurella herra Bergman veti kenkiensä ylle paksut ja pehmeät sukat. Ne vaimentaisivat askelten äänen kokonaan. Ja käsiinsä hän veti kiinteät, taipuisat käsineet. Hänen sormenjälkiään saataisiin hakea. Hän varmistautui, että pistooli ja sähkölyhty olivat saatavilla. Parin hetken kuluttua hän oli parvekkeella. Hänen aavistuksensa oli oikea. Ovi aukeni ensimmäisellä painalluksella. Hän oli nyt ylähallissa.

Tähän saakka hän ei ollut aiheuttanut pienintäkään nielua. Ja lattia oli tiivis. Palkit eivät narisseet. Mattokin oli apuna.

Tumma, pehmeä ja äänetön möhkäle liukui portaita pitkin alakertaan. Syvä, rauhoittava hiljaisuus vallitsi koko rakennuksessa, hiljaisuus ja pimeys. Hetkeksi, niin lyhyeksi, että sitä olisi ollut vaikea niitata, häikäisevän kirkas valovirta tulvahti alahalliin. Se sammui niin pian, eitä olisi voinut luulla silmän erehtyneen. Herra Bergman oli vain varmistautunut suunnastaan.

Herra Bergman osasi käsitellä elotonta ympäristöään. Herra Saurion työhuoneen ovi ei narahtanutkaan, kun herra Bergman sen avasi. Eikä pieni, musta käärö, joka oli kuullut jotakin ja joka lähti liikkeelle uunin edustalta, aiheuttanut myöskään mitään ääntä. Se oli vaitelias ja näkymätön, yksinpä herra Bergmanillekin. Se liukui ulos ovesta, joka oli jätetty raolleen.

Kaikki herra Bergmanin laskut pitivät paikkansa. Teräslippaan lukkolaite vastasi hänen odotustaan ja sen sisältö ylitti hänen toiveensa. Vajaan neljännestunnin kuluttua Tammelan kartanon perhekalleudet, niin helmet kuin timantitkin, olivat siirtyneet herra Bergmanin tilaviin taskuihin. Hän sulki lippaan, jonka lukko ei edes ollut särkynyt ja aikaa tuhlaamatta aloitti paluumatkan. Kahden minuutin kuluttua hän olisi pimeässä puutarhassa, jonka takana alkoi metsä ja metsätie.

Herra Bergmanin laskut osoittautuivat kuitenkin erheellisiksi. Hän ei sittenkään ollut kyennyt ottamaan kaikkea huomioon. Hänen laiminlyöntinsä oli pieni ja käsitettävä, mutta se oli kohtalokas.

Hän ei edes muistanut mustan kissan olemassaoloa.

Ja kuitenkin, tuo pieni musta, valkokäpäläinen eläin istui yläkertaan johtavilla kierreportailla, tai oikeastaan makasi matalana ja kyyristyneenä. Työhuoneesta livahdettuaan se oli pistäytynyt yläkerrassa ja oli nyt paluumatkalla alas, kun sen korvat, joita ei edes herra Bergman kyennyt pettämään, eroittivat kohoavat askeleet. Se pysähtyi ja kyyristyi, joten kissa ja varas joutuivat sivuuttamaan toisensa portaitten puolivälissä.

Kohtaus ei sujunut rauhallisesti, sillä... niin, sillä varovainen herra Bergman laski jalkansa pehmeästi, mutta raskaasti tuon mustan otuksen pitkälle, tuuhealle hännälle. Seuraavat silmänräpäykset olivat vilkkaita. Kuului epäluonnollinen, läpitunkeva rääkäisy ja kiljahdus, pitkäveteinen, kammoittava liikutus, joukko tulisen pistäviä neuloja tunkeutui herra Bergmanin pohkeeseen, hän päästi tuskaisen, valittavan äännähdyksen, äkillinen kauhu sai hänen päästämään otteensa kaiteesta, hän horjahti ja suistui kolisten portaita alas. Onnettomuus ei rajoittunut tähän. Hän mätkähti alahallin lattialle vatsalleen, suoraan jonkun pehmeän ja lämpimän päälle, joka kuitenkin seuraavassa silmänräpäyksessä sähähti ja tuliset neulat tunkeutuivat nyt herra Bergmanin kasvoihin.

Hän syöksähti ylös, mutta vaipui manaten takaisin. Pohkeessa kihelmöi, kasvot olivat tulessa, mutta kohtalokkainta oli, ettei hänen vasen nilkkansa kestänyt. Hän oli sen kaatuessaan joko katkaissut, nyrjäyttänyt tai niukahuttanut.

Niin. Tammelan yritys jäisi hänen viimeiseksi yrityksekseen ainakin moniin vuosiin, hän oli laskenut. Niin se jäisikin, vaikka ei aivan sillä tavalla kuin hän oli laskenut. Ja kaikki vain siitä syystä, että hän oli unhoittanut laskuissaan mustan kissan.

Halliin tulvahti valoa ja ihmisiä. Se herra Knut Bergman, joka löydettiin alahallin lattialta, ei paljon muistuttanut aamullista herra Bergmania, mutta kuitenkin hänet tunnettiin. Siitäkin huolimatta, että hänen kasvoillaan oli mustan, valkotassuisen otuksen viisirivinen puumerkki.

* * *

Herrasväki Saurion juodessa aamukahviaan musta kissa latki kermamaitoa rouvan tuolin vieressä lattialla. Rouvan käsi liukui aina väliin hyväillen sen selkää pitkin.

Kaikki myrskyn, niin, jopa vain epävakaisenkin sään merkit olivat kadonneet herrasväki Saurion aviolliselta taivaalta.

Kissa tuntui olevan entisellään. Sillä oli hyvä ruokahalu.

— Se raukka aristelee häntäänsä, rouva selitti hellästi ja lisäsi sitten miettiväisesti, — ajatella, että noin pienestä elävästä lähtee niin paljon ääntä!

— Niin, kissan tuntee koko voimassaan vasta kun on astunut sen hännälle, herra Saurio myönsi.

Maskotti

Vuorio istui pöydällä olevien tekokukkien suojassa ja tarkkasi merkitsemäänsä uhria.

Hän oli päättänyt suorittaa ryöstön.

Valpas huomiokyky ja sattuma olivat toimittaneet uhrin hänen näkyviinsä. Kaikki oli valmiina ja Vuorio uskoi onnistuvansa. Eikä vain onnistuvansa, vaan myöskin peittävänsä jäljet tarpeeksi hyvin.

Mikään ei voisi häntä pidättää. Hän tarvitsi rahaa — aikaisemman rikoksensa peittämiseen ja pakenemiseen. Aika oli jo täpärällä, mutta hän ehtisi vielä.

Hän tunsi olevansa melkein iloinen ja hän puolittain ikävöi toiminnan hetkeä. Tämä olisi hänen ensimäinen käsintehtävä rikoksensa, ja jos kaikki menisi hyvin, se ehkä jäisi hänen viimeisekseen. Mutta eihän milloinkaan voinut tietää niin tarkkaan, eikä Vuorio tehnyt itselleen mitään turhia ja hyödyttömiä lupauksia. Hänen sormensa hyväilivät taskussa sitä ainoaa ja yksinkertaista välinettä, jonka hän tarvitsi rikokseensa.

Nuo miehet tuolla nurkkapöydässä eivät aavistaneet mitään. He tuskin olivat nähneetkään häntä. Eivätkä he missään tapauksessa tuntisi häntä toistamiseen. Hän oli pitänyt tarkkaan varansa.

Niin, viikko sitten hän oli istunut tässä samassa kahvilassa. Hän oli silloin, niin kuin nytkin, katsonut autiolle torille ja autoasemalle. Syksyn harmaus oli silloin ollut melkein samanlainen kuin nytkin. Ihmisiä kulki kiireissään ikkunan ohi. Ja hän oli ajatellut ja miettinyt, miten hän vieläkin salaisi kavalluksensa ja väärennyksensä. Se tuntui käyvän mahdottomaksi. Ja pahinta oli, että hän oli jo menettänyt rahat. Silloin hän vielä oli ajatellut kavalluksen peittämistä.

Sitten hän kuuli keskustelun, lyhyen ja tajuttavan. Hän ymmärsi senkaltaisia asioita.

— No, miten edistyy lainanhankkeesi? oli kysynyt toinen kahdesta miehestä, jatka varmasti olivat vuokra-autoilijoita.

Hän oli katsahtanut miehiin päin. Hän oli nähnyt toisen nyökkäävän iloisena.

— Viikon päästä täsmälleen saan rahat näppiin. Paperit ovat jo pankissa.

— Täyden summanko?

— Ihan. Ja käteisellä. Niin että viikon kuluttua tämä vanha lompakko näkee enemmän rahaa kuin milloinkaan ennen.

Aivan ensi hetkessä hän ei keskusteluun kiinnittänyt mitään huomiota. Mutta sitten hän äkkiä tunsi kateutta. Oli siis vielä sellaisia henkilöitä, jotka saivat ja joille annettiin pankista rahaa. Käteistä rahaa. Ja suuriakin summia. Joillekin autoilijoille.

— Ja sitten jätät pirssin? keskustelu oli jatkunut.

— No, tietysti! Heti seuraavana päivänä lähden matkaan ja luen kotona niille rahat näppiin. Ja sitten puskemaan.

Mies, nuorehko, ehkä kolmenkymmenen ikäinen, nauroi onnellisena ja huolettomana. Hän oli ehkä naimisissa, vastikään mennyt, ja kaipasi omaa kotia, todellista kotia, maata ja peltoa ja metsää. Hän lunastaisi ehkä kotitilansa toisilta, ehkä vierailta. Hän saisi rahaa...

Vuorion ajatukset järjestyivät johdonmukaisesti Ja nopeasti. Tuo mies saisi rahaa. Hän ei veisi sitä pankkiin, ei, hän pitäisi no mukanaan. Voisiko häneltä siepata tuon summan?

Vuorio katsoi nuorehkoa miestä tarkkaan. Hän seurasi tätä huomaamatta, kun mies poistui kadulle. Niin, hän meni autoasemalle. Vuorio sai helposti selville hänen vaununsa ja sen numeron.

Siitä oli nyt viikko.

Ja tänään mies oli nostanut rahat. Vuorio oli varhaisesta aamusta alkaen ollut vartioimassa, ja hyvä sattuma, joka oli järjestänyt alun, oli jatkanut apuaan. Vuorio keksi miehen pistäytyvän Liikepankissa. Se oli torin varrella, saman torin varrella. Ja pankista mies oli tullut autoasemalle ja ajanut sitten tiehensä, minne, sitä ei Vuorio tiennyt. Hän oli ollut jännityksessä, tavattomassa jännityksessä. Mies oli viipynyt pitkään, mutta oli palannut nyt illan tullen.

Kaikki oli kuitenkin hyvin. Hän tiesi, että miehellä oli rahat mukanaan, ettei hän ollut vienyt niitä mihinkään säilytettäväksi. Ei niin, että mies olisi niitä näytellyt, ei, mutta hän keskusteli jälleen toverinsa kanssa, ja vaikka Vuorio ei varmasti kuullutkaan kaikkia sanoja, hän oli nähnyt merkitsevän kädenliikkeen, jolla mies oli osoittanut povitaskuaan. Rahat olivat siellä, siitä hän oli varma. Hän oli suorastaan näkevinään taskun pullottavan niiden paljoudesta.

Ilta pimeni. Kohta olisi toiminnan aika käsissä. Vuorio maksoi ja lähti. Hänen oli oltava valmiina ja varuillaan. Merkitty auto ei saisi luiskahtaa hänen käsistään.

Suunnitelma oli selvä ja yksinkertainen. Hänen oli uskallettava hiukan rahaa, mutta se ei merkinnyt mitään.

Hän pysähtyi nurkalle ja jäi seisomaan. Viiden minuutin kuluttua tulivat molemmat autonohjaajat ulos ja lähtivät seisontapaikalle. Hän ei kiiruhtanut, mutta siirtyi lähemmäksi, puolittain kioskin suojaan, ja piti silmällä jonon ensimäisiä autoja. Ne vaihtuivat, eivät nopeasti, mutta vaihtuivat sittenkin, ja viimein hän näki merkityn auton ajavan kärkeen.

Hänen huulensa pusertuivat yhteen ja hän lähti nopeasti autoa kohti. Toiminta alkoi.

Hän pysähtyi huolettomana auton sivulle. Hänen uhrinsa avasi oven. Pari autonkuljettajaa seisoi lähistöllä. Hän sanoi osoitteen kuuluvasti ja nousi autoon, joka lähti pehmeästi liikkeelle.

Vuorion teki mieli nauraa — näinkö helposti voi aloittaa vakavan, tuottavan rikoksen?

Hän tarkasti vaunun sisältä eikä havainnut mitään, joka olisi voinut estää hänen suunnitelmansa. Ainoa haitta oli tuo pieni, taapäin suuntautuva peili ohjaajan edessä. Mutta sitä ei voinut auttaa. Eikä se hyödyttäisi ohjaajaa. Hänen, Vuorion, tuli vain olla tarpeeksi nopea. Malttia ja nopeutta muutaman silmänräpäyksen ajaksi, siinä kaikki, mitä hän tarvitsi.

Auto hiljensi vauhtiaan ja pysähtyi. Ah, niin, tämäkin kuului suunnitelmaan. Tämä oli valeosoite. Varsinainen osoitepaikka oli niin kaukana, että sen mainitseminen autoasemalla olisi herättänyt huomiota. Häntä olisi tarkasteltu pakostakin. Hänen olisi pitänyt puhua. Nyt häneen ei oltu kiinnitetty mitään huomiota. Tämä osoite johtaisi vain väärille jäljille tai sekoittaisi jäljet. Ja, jos kävisi niin — hän ei tosin sitä tahtonut — häntä värisytti — mutta jos niin kävisi, tämä osoite saattaisi hänet kokonaan pelastaa. Jos autonohjaaja löydettäisiin kuolleena, ei kukaan epäilisi sitä miestä, joka oli sanonut läheisen osoitteen aivan toiselle suunnalle.

Hän nousi autosta.

— Odottakaa tästä pari hetkeä. Tulen takaisin heti.

Ohjaaja nyökäytti päätään ja antoi moottorin käydä. Vuorio nousi suurehkon vuokrakasarmin porraskäytävään, kiipesi hitaasti, varsin hitaasti, ylimpään kerrokseen saakka ja laskeutui, yhtä hitaasti alas. Sitten hän tuli jälleen kadulle.

Tästä tulisikin pitkähkö kyyti, hän sanoi ohjaajalle ja mainitsi maaseutukaupungin nimen, Mitään junaa sinne ei mene ennenkuin aamulla ja silloin minun on jo oltava siellä. Paljonko tahdotte?

Mies ei tuntunut ilahtuvan. Ilmeisesti häntä ei olisi haluttanut lähteä yöksi ajamaan. Mutta ansio houkutteli toiselta puolen. Kuitenkin hän mainitsi varsin tuntuvan summan.

— Hm? Onhan siinä hintaa, Vuorio vastasi hitaasti. — Mutta sama se. Pääasia on, että pääsen sinne ajoissa. Onko teillä riittävästi bensiiniä? — Niinkö, sepä hyvä! Minä maksankin siis nyt, niin on juttu selvä.

Hän luki ohjaajan käteen joukon seteleitä, auliisti ja huoletto-
masti. Ja kuitenkin ne olivat hänen viimeiset setelinsä. Hän käännäh-
ti pois, mutta syrjäsilmin hän näki että ohjaajan lompakko, hänen
pannessaan saamansa rahat siihen, oli suhteettoman pullea. — Oh,
hän saisi kyytipalkan takaisin korkoineen.

He lähtivät ajamaan syysyöhön. Rikoksentekijä ja hänen uhrinsa.
Vuorion käsi hypisteli taskussa sitä välinettä, jolla hän rikoksensa
suorittaisi — ohutta, lujaa silkkipunosta.

* * *

Osmo Autin oli ponnistettava tahdonvoimansa voidakseen kes-
kittää huomionsa ohjaamiseen. Mieli tahtoi kääntyä muualle ... tule-
vaisuuteen, siihen, mitä se toisi mukanaan hänelle ja Ellille. Nyt
näytti kaikki valoisammalta, niin, suorastaan loistavalta. Heidän
unelmansa olivat toteutumaisillaan. Hän saisi jättää kuolettavan am-
mattinsa, epävarman ja ikävän ja tarkoituksettoman, saisi jättää kau-
pungin ja pääsisi maalle, entiseen kotitaloonsa.

Se olisi elämää se!

Rahat, tarvittavat rahat, hänellä oli taskussaan. Totta puhuen hän
oli niiden takia levoton. Hän oli luonnostaan ja tavasta varovainen,
eikä hän ollut näytellyt rahojaan, mutta sittenkin ... Niin, Elli! Pa-
rasta kaikesta oli, ettei Elli aavistanut, tai ehkä jotakin aavisti, mutta
ei tietänyt mitään varmaa. Hän ei ollut mitään kertonut, hän ei tah-
tonut herättää epävarmoja toiveita, jotka jäisivät vain turhiksi toi-
veiksi. Hän ei ollut puhunut juuri mitään lainahankkeestakaan. Nyt,
kun hänellä rahat olivat jo taskussa, kokonainen kasa suuria seteleitä,
nyt hän yllättäisi Ellin.

Häntä kadutti melkein, että oli lähtenyt tälle matkalle. Mutta an-
sio oli hyvä ja he tarvitsivat kyllä jokaisen markan, minkä hän saattoi
ansaita. Huomisaamuna, joidenkin tuntien kuluttua, Elli saisi tietää
kaikki ... sen, ettei hänen enää tarvinnut lähteä ajoon. Hän yllättäisi

Ellin aivan tämän yötilalla, Ellin, joka ei osannut mitään sellaista odottaa nyt vielä ainakaan.

Niin, Elli ei odottanut sellaista. Hän kyllä tyytyi nykyiseenkin oloon.

Osmo Autti vilkaisi hymyillen auton kattoon. Siellä näkyi jokin omituinen esine. Se oli pitkäkarvainen silkkiapina, Ellin lahjoittama maskotti, onnentuoja. Hirvittävä lelu, ruma ja räikeä, mutta Elli oli ollut siihen ihastunut ja omin käsin kiinnittänyt sen auton kattoon riippumaan. Mutta se oli liian suuri, liian pitkäkoipinen ja hänen oli ollut se kiinnitettävä kattoon pitkin pituuttaan. Muuten se heilui ja löi häntä yhtämittaa silmille.

Onnentuoja! Ehkäpä niinkin. Ainakin tämä päivä oli ollut onnellisin päivä pitkiin, pitkiin aikoihin, niin lukuunottamatta tietysti sitä päivää, jolloin hän oli saanut Ellinsä, pienen vaimonsa... Tietysti lukuunottamatta sitä. Mutta muuten olivat päivät olleet harmaita ja ikäviä, yhtä tympeitä kuin bensiinin katku, jota hänen, metsien ja ketojen kasvatin, jo monta vuotta oli täytynyt nieleksiä kaupungissa.

Silkkiapinaparka! Se oli ruma, mutta koskapa Elli ihaili sitä, sai se olla Ellin osoittamalla paikalla, vaikkakin jaloistaan kytkettynä. Ja Osmo Autti vilkaisi siihen toisen kerran ja katsahti samalla tahtomattaankin takapeiliin — hätkähtäen.

Auton perällä istuvan matkustajan katse oli peloittavan terävä ja kiinteä. Ja se oli suuntautunut hänen selkäänsä, häneen. Matkustaja ei ollut vaipunut sen mukavan turtumuksen valtaan, johon pitemmillä automatkoilla hyvissä vaunuissa vaivutaan.

Matkustajan katse tuntui salavihaiselta ja ilkeältä, ja hetken, kiitävän hetken ajan Osmo Auttia peloitti yksinäisyys, pimeä, syyskurainen tie ja läpitunkematon maaseudun yö ympärillään. Sitten hän ikäänkuin ravistautui tästä epämiellyttävästä tunteesta ja kiinnitti huomionsa tiehen, sen valaistuun osaan, johon etulyhdyt syöksivät häikäisevää, heikosti kellanvalkeaa hehkuaan. Hän lisäsi kaasua ja vauhtia, hän tahtoi saada tämän viimeisen kyytinsä pian selväksi ja päästä kertomaan Ellille erinomaisia uutisiaan.

Mutta hän ei voinut mitään sille, että äskeinen vilkaisu peiliin oli tehnyt hänet tahtomattaankin epäileväksi. Hänen kaikki aistinsa olivat varuillaan jotakin tietämätöntä, tuntematonta vaaraa vainutakseen.

* * *

Vuorio tunsi sisäisesti vapisevansa. Tämä tunne yllätti hänet. Hän ei olisi uskonut, että ratkaisun läheneminen kykenisi kiihoittamaan häntä. Mutta niin oli kuitenkin käynyt. Häntä jännitti ja peloitti.

Kuitenkaan hän ei mistään summasta halunnut luopua yrityksestään. Siihen olisi vielä ollut mahdollisuus. Hän ei ollut tehnyt vielä mitään peruuttamatonta. Hän voisi rauhassa ajaa päätepaikkaansa, nousta vaunusta — ja jäädä yksinään öiseen pikkukaupunkiin melkein rahattomana, ehtimättä enää toimeensa ajoissa... alttiina ilmitulolle ja rangaistukselle aikaisemmista rikoksistaan.

Ei, siihen hän ei voinut alistua. Hänen täytyi yrittää.

Hän kertasi vielä suunnitelmansa. Hänellä oli polkupyörä kätkettynä sivutien varteen hylätyn ladon suojaan. Sen hän oli vienyt paikalle jo pari päivää sitten. Polkupyörän tangossa oli mytty. Siinä oli hänen tavallisesti käyttämänsä lakki sekä toinen palttoo ynnä kalossit. Hän voisi siten huomattavasti muuttaa ulkomuotoaan. Sitten hän panisi ylleen silmälasit, joita hän tavallisesti käytti työssään, ei ulkona. Ne auttaisivat paljon, jos häntä epäiltäisiin. Mutta hän oli varma siitä ettei niin tapahtuisi. Polkupyörällä hän ehtisi takaisin kaupunkiin ennen aamua. Hän ajaisi syrjäteitä. Hän olisi oikeaan aikaan toimessaan, täyttäisi pahimman vajauksen, joka saattoi ilmitulla milloin hyvänsä, tekisi sitten lopullisen kavalluksensa ja pakenisi... koko maasta. Passi hänellä jo oli, se oli ollut valmiina jo monta kuukautta sitten.

Hän häipyisi maailmaan...

Autonohjaajan vartalo oli tanakka ja leveä, mutta Vuorio ei sitä säikkynyt. Hän luotti voimiinsa. Kaikesta huolimatta, elämäntavoistaan huolimattakin hän oli vielä jäntevä mies. Ja hän olisi hyökkääjä. Hän yllättäisi. Yritys varmasti onnistuisi.

Mutta kuitenkin ... tämä tuntui toiselta kuin numeroiden väärentäminen. Vuorio olisi mielellään juonut jotakin. Hänen suutaan kuivasi. Ja sydänalassa tuntui tyhjältä ja oudon keveältä, ikäänkuin olisi hän ollut korkeassa keinussa, heilahduksen yläpäässä ... tai kovasti keikkuvassa laivassa, tunne oli samanlainen.

Mutta hän voitti tuon tunteensa. Mikään ei saisi estää häntä. Rikoksen paikaksi oli hän valinnut pitkän ja melkoisen jyrkän ylämäen. Vaunu kulkisi vaihde pienenä. Jos se ennättäisi suistua tieltä, olisi vaara vähäisin. Sitä vaaraa hän muuten ei erikoisemmin ajatellutkaan.

Vuorio nielaisi pari kertaa. Nyt ... kohta ... mäki alkaisi. Hän tunsi paikan rautatien häämöttävistä valoista.

Hitaasti ja varovaisesti hän veti esille silkkipunoksen taskustaan ja kehitti sen silmukalle. Sitten hän tarkasti ympäristöään. Hän ei huomannut mitään erikoista. Ohjaaja oli osittain eteenpäin kumartunut. Hän ei katsonut peiliin. Kojetaulun valot hehkuivat hänen edessään ja moottori surisi rauhallisesti ja tasaisesti. Katossa kiikkui jokin isohko maskotti päästään ja jaloistaan kytkettynä. Se muistutti todellakin apinaa, jotakin hämähäkkiapinaa, jonka kuvia hän oli nähnyt. Sen toinen jalka oli irrallaan, ja toinenkin tuntui olevan irti pääsemässä.

Maskotti: Onnentuoja!

Vuorio hymähti melkein ääneen. Apina rauhoitti häntä. Onnentuoja mahdollisesti — mutta oli eri asia, kenelle se toisi onnea.

Vaunu tärähteli muutamia kertoja voimakkaasti ja aikoi sitten nousta mäkeä, Vuorion koko ruumis oli jännityksessä, mutta hän odotti. Hän odotti vaihteen muuttamista.

Nyt ohjaajan käsi liukui siirtovipuun, vaunu nytkähti .... vauhti hiljeni .... tien kuoppa täräytti vaunua ankarasti ja samassa Vuorio oli hyökännyt ... nopeasti ja varmasti.

Hänen sormensa, jotka pitelivät silkkipunosta, liukuivat hipaisten yli ohjaajan pään ja silmukka oli jo melkein kiertynyt tämän ympärille, kun Vuorio rajusti hätkähtäen horjahti sivuun. Horjahtaessaan hän kiristi silmukkaa ja silkkipunos kiertyi ohjaajan pään ja otsan ympärille ja mies taipui taapäin.

Mutta Vuorio ei tempaissut lujasti... Jokin selittämätön kauhu oli vallannut hänet — hän oli sokea... hänen vasempaan silmäänsä oli äkkiä jokin pistänyt, ei kovasti, töytäisten, vaan ilkeästi sipaisten, jokin pehmeä ja kutkuttava, joka tunkeutui suoraan silmään ja riisti häneltä näön...

Pitkäkarvaisen silkkiapinan toinen jalka oli päässyt irti ja apina oli keinahtanut suoraan Vuorion kasvoja vasten. Pitkät, ohuet, ärsyttävät silkkiripset tunkeutuivat Vuorion vasempaan silmään, ja jännityksessä ollut, vastarintaa ja taistelua odottava mies menetti malttinsa selittämättömän, kaamean kosketuksen takia.

Vuorio hieraisi ärsytettyä silmäänsä. Tämä liike riitti pelastamaan hänen uhrinsa, joka ponnistautui eteenpäin ja kääntyi ahtaassa istuimessaan. Mutta hän ei ehtinyt estää Vuoriota, joka raivokkaasti haparoi oven auki ja syöksyi pimeyteen, yöhön... Muutamat seuraavat hetket menivät autonkuljettajalta hänen pysäyttäessään vaunua tiellä ja seisauttaessaan sen sitten... Hän nousi vaunusta, kädessään silkkipunos, mutta ketään ei enää näkynyt tiellä.

Vuorion rikos oli epäonnistunut viime hetkessä... hyvin valmisteltu rikos, jota suunnitellessaan hän ei kuitenkaan voinut, ei osannut ottaa lukuun ruman, pitkäkarvaisen silkkiapinan osuutta... Se oli vain hiukan, hiukan sipaissut häntä... ja kaikki oli mennyttä. Miehen nyrkinisku ei olisi ollut tehokkaampi.

* * *

Aamulla löydettiin lähellä sitä paikkaa, niissä yöllä tuntematon matkustaja oli yrittänyt ryöstää autonkuljettajan, maantien ojan reu-

47

nalta mies, jolta nilkka oli nyrjähtänyt. Hänen vasen silmänsä oli hieromisen takia punainen ja tulehtunut. Ja juuri silmänsä takia hän pyörällä ajaessaan oli kaatunut ojaan.

Löytäjät olivat poliisikonstaapeleita ja nimismies. He kuuntelivat mitään vastaamatta miehen sekavaa kertomusta onnettomuudestaan. Nimismies kuiskasi jotain parille poliisille, jotka lähtivät pyörän jälkiä seuraten taaksepäin.

Vuorio käsitti, että he löytäisivät hänen hattunsa ja palttoonsa. Hänen oli mahdotonta keksiä tyydyttävää selitystä. Hän oli kiinni. Peli oli menetetty.

Pitkäkarvainen silkkiapina oli sittenkin ollut onnentuoja — autonohjaajalle.

Housut

Mikään ei estä korkeata valtionvirkamiestä, jopa keskusviraston vaikutusvaltaista päällikköä, ymmärtämästä pilaa ja leikkiä, olemasta luonteeltaan huumorintajuinen. Kuitenkin, tästä eittämättömästä vapaudesta huolimatta, mainitunlaiset henkilöt vain hyvin harvoin sulattavat pilaa, ymmärtämisestä puhumattakaan.

Ernest Auer ei ollut näitä harvoja. Hän oli keskusviraston apulaispäällikkö ja hän oli jäykkä ja juhlallinen herra, joka hymyili hillitysti vain taatusti sopivina hetkinä. Hänessä oli ylhäistä mahtipontisuutta, joka mitä suurimmassa määrässä huvitti hänen sisartaan Ernaa, joka parhaillaan oli kotiutumassa monivuotiselta ulkomaanmatkaltaan. Ernest on pöyhistynyt, hän naureskeli itsekseen seuratessaan veljensä käytöstä ja keskusteluja tulliviranomaisten, satamapoliisin, kantajien, autonohjaajien, rautatievirkamiesten kanssa. Ernest elää tärkeytensä tunnossa, hän jatkoi ajatuksiaan, mutta odottakoon kunhan pääsemme kotiin. Kyllä minä osaltani karistan hänestä liian juhlallisuuden. Veli oli erinomaisen tyytyväinen sisareensa. Sisar oli suuren maailman nainen sormenpäitään myöten, aina ruusuisiin kynsiinsä asti. Ja veli ilmaisi myös tyytyväisyytensä, kun he olivat istuutuneet pikajunan ensiluokan osastoon.

Mutta Erna nauroi ja ilmoitti, että veli, sen pahempi, ei tehnyt häneen maailmanmiehen, vaan joskus suorastaan pikkukaupungin pormestarin vaikutuksen.

— Olet liian jäykkä ja juhlallinen! nuori nainen ilkamoi.

Veli tunsi pistoksen, sitäkin kipeämmin kun hän tajusi sisarensa olevan oikeassa. Hän kohautti olkapäitään.

Pikajuna kiiti pääkaupunkia kohti hämärtyvässä illassa. He olivat kahden omassa osastossaan. Ernest poltteli sikaariaan ja silmäili lehteään, uinaili junan tasaisesti ja pehmeästi keinuttamana. Junailija oli jo käväissyt osastossa. Kuluisi melkein tunti, ennenkuin pikajuna pysähtyisi seuraavalle asemalle. Pääkaupunkiin saavuttaisiin noin kolmen tunnin kuluttua.

Erna hymyili uinaillessaan. Ensimäiset päivät olisivat varmasti rasittavia. Tuttavia, tuttavia, uteliaita ystävättäriä! Niin, hänellähän nyt oli mainetta, tuota painolastia, jota niin monet tavoittelevat, mutta jonka parhaimmat huomaavat turhaksi taakaksi. Erna ei enää välittänyt maineestaan, hän, konserttisalien juhlittu taiteilijatar. Hän kaipasi hiljaisuutta ja viihtyisyyttä, hän kaipasi kotia. Ja juna kuljetti häntä sitä kohti.

Osaston ovella kuului kevyt koputus. Erna heräsi ja katsahti ovelle, samoin veli, häiriytyneenä ja ärtyneenä keskeytyksestä, mikä pakoitti hänet katkaisemaan kiintoisan poliittisen artikkelin lukemisen. Mutta seuraavassa hetkessä artikkeli oli unohtunut, niin täydellisesti unohtunut, ettei Ernest Auer sitä milloinkaan enää lukenut loppuun.

Oviaukkoon ilmestyi kummallinen olio, sitäkin kummallisempi, kun kyseessä oli ensiluokan osasto. Olio oli mies. Hänellä oli päässään syvälle silmille vedetty hieno urheilulakki. Kasvojen ylle oli sidottu suuri, hohtavan valkoinen nenäliina, joka peitti näkyvistä hänen leukansa, suunsa ja nenänsä. Miehen kasvoista ei näkynyt muuta kuin suuret, kirkkaat, ilmeikkäät harmaat silmät. Kainaloitten alle oli kiinnitetty ruudukas, loistavavärinen huopapeite, joka ulottui jalkateriin asti. Sinertävän ja ruskean urheilupuseron hihat peittivät käsivarsia. Mies teki lapsellisen koomillisen vaikutuksen. Hän oli yksinkertaisesti hullunkurinen.

Mutta oli jotakin, mikä ei edes Ernan huumorintajuisesta mielestä ollut pelkästään hullunkurinen. Miehen oikeassa kädessä oli pieni, kiiltävän musta esine: automaattinen pistooli. Tuo pistooli kohosi hitaasti ja, niinkuin näytti, hiukan epävarmasti, mutta pian se kuitenkin suuntautui vakaasti kohti apulaispäällikkö Ernest Aueria. Sointuva, miehekäs ääni komensi hillitysti:

— Kädet ylös, olkaa hyvä, molemmat!

Ernest Auer ei ymmärtänyt pilaa eikä yllättäviä tilanteita. Hän nosti kätensä, ei kerkeästi kuin pelkuri, vaan harkitusti niinkuin mies, joka ärtyneenä ja raivoisena mukautuu välttämättömyyteen. Ei hän pelännyt, mutta hänellä ei ollut kokemusta tällaisessa. Aseet eivät kuuluneet hänen harrastuspiiriinsä.

Ernakin kohotti hiukan käsiään. Häntä hymyilytti tilanne. Todellakin niin kauan hän oli matkustellut ulkomailla, ympäri maailmaa eikä ollut joutunut mihinkään seikkailuun, ja nyt, yhtäkkiä, kotimaan rauhallisessa pikajunassa tällainen sensatio.

Kylmäverisenä hän äkkiä vilkaisi sivulleen. Lähellä oli hätäjarrun kahva. Mutta pistoolia pitävä mies huomasi hänen katseensa ja silmänräpäyksessä ase heilahti häntä kohti.

— Ei mitään tyhmyyksiä, mies komensi. — Teillä ei ole mitään vaaraa.

Erna mukautui. Hän katseli miestä. Miehen silmät olivat kiintoisat. Erna ei olisi voinut uskoa, että tuollaisen ammatin harjoittajalla voisi olla niin säteilevät silmät. Hän katsoi miehen käsiä ja hymyili itsekseen, sillä hän oli huomannut, että mies oli nopea huomaamaan hänen aikeensa ja ajatuksensa. Olipa mies mikä ja kuka tahansa: ainakin hän oli herrasmiehen kirjoissa käsistään päättäen. Ja seuraavassa hetkessä Erna keksi lisääkin kiinnostavaa: miehen oikean käden keskisormen juuressa oli punertava luomi. Ja mitä, mitä tuo merkitsi, tuo kultainen sormus? Elma katsoi tarkemmin ja oli asiastaan varma.

Hänen teki mieli nauraa. Hän tiesi nyt, että he kaikki kolme olivat varsin epätavallisessa seikkailussa. Jokin vaisto sanoi hänelle, että seikkailu tarjosi hänelle enemmän huvia kuin vaaraa ja vahinkoa.

Mies oli hetken seisonut neuvottomana, mutta viimein hän rohkaistui.

— Luulen, että on parasta neidin istuutua ikkunan viereen ja kääntää meille selkänsä. Voitte laskea kätenne alas, hyvä neiti!

— Ja miksi se olisi parasta, Erna tiedusti rohkeasti. — Parasta olisi, hyvä herra, että mitä nopeimmin katoaisitte.

— Tehkää niinkuin sanoin, mies virkkoi lyhyesti ja käskevästi.

Ernan ei auttanut muu kuin totella. Hän istuutui pyydetyllä tavalla joutuen tuijottamaan hämärään iltaan. Mitä ihmettä mies tarkoitti?

Hänen ei tarvinnut olla kauankaan epätietoinen.

— Ja nyt, miehen sointuva ääni jatkoi, pyydän käytöstäni anteeksi, mutta vaadin, että arvoisa herra luovuttaa minulle heti housunsa. Kas niin!

Ernest Auer häkeltyi. Hän oli valmistunut vaikka mihin, hän olisi pienen mutinan jälkeen luovuttanut kaikki käteiset, melko runsaat rahavaransa, hän olisi miehelle antanut matkatavaransa, olisipa, raivoisana kylläkin, sallinut ryöstää sisarensakin tavarat. Mutta... luovuttaa housunsa!

Hänen hämmennyksensä kesti niin kauan, että mies tokaisi kärsimättömästä:

— No!

Auer pakottautui puhumaan.

— Mitä... mitä te tarkoitatte?

Ettäkö minä... että minunko pitäisi...?

— Aivan niin, mies jyrähti ratkaisevasti. — Kyllä te olette käsittänyt oikein. Pyydän teiltä housujanne, päällyshousujanne! Vain housut, olkaimet voitte pitää! Minulla on kiire! Nopeasti!

Auerin hämmästys vaihtui kauhuun, äkilliseen, huumaavaan kauhuun: he olivat molemmat, hän ja Erna, mielipuolen vallassa, aseistetun mielipuolen. Siinä oli selitys kaikkeen. Ei kukaan rikollinen pukeutunut tuolla tavalla, kietonut ympärilleen huopapeitettä, joka haittasi liikkeitä. Kukaan muu kuin mielipuoli ei voinut tunkeutua ensiluokan osastoon ja vaatia housuja, pelkkiä tavallisia miesten housuja, sen sijaan että olisi ilmeisesti varakkaat uhrinsa ryöstänyt tyhjiksi.

Mielipuoli sinänsä jo oli vaarallinen, aseistettu mielipuoli merkitsi kuolemanvaaraa. Ja he olivat turvattomia, hänellä ja Ernalla ei ollut aseita, vastustaja vaikutti voimakkaalta, junailija oli kaukana, kukaan pikajunassa ei aavistanut minkälainen murhenäytelmä oli aivan lähistöllä kehkeytymässä.

Mielipuolten kanssa ei ollut leikkimistä. Heidän vastustamisensa oli tällaisten olosuhteiden vallitessa mieletöntä. Ernest Auer, lievästi vavisten, istuutui vaunun pehmeälle istuimelle ja ryhtyi kerkeästi täyttämään mielipuolen vaatimusta. Tosiaankin, tilanne oli äärimäisen kiusallinen! Ajatella, jos joku virastossa saisi tästä vihiä! Hänelle naurettaisiin vuosien mittaan. Tahtomattaan hän oli joutunut noloon ja nöyryyttävään asemaan. Oli onni vain, että seurana oli sisar, järkevä, huumorintajuinen Erna. Jospa olisi ollut joku muu, niin hän olisi myyty mies. Pilalehdet, pakinoitsijat, revykirjailijat — mikä makupala se heille olisikaan.

Hän ojensi vaaditun vaatekappaleen kiusaajalleen. Tämä otti sen kiireesti vastaan. Sitten hän vilkaisi hyllyverkkoon ja keksi sieltä Ernan matkahuovan. Sen hän heitti Ernest Auerille.

— Kas niin, kiitos! Ja nyt: ei mitään tyhmyyksiä! Jokainen yritys ilmiantaa minua, pysäyttää juna tai hälyyttää junailija johtaa ikävyyksiin.

Pistooli teki pienen, vaikuttavan kaaren. Mies katosi virkahtaen mennessään:

— Tulen heti takaisin! Siihen asti olette vartioidut!

Ernest Auer istui huopa polvilleen levitettynä. Hän tunsi itsensä aivan avuttomaksi. Mies, joka istuu ensiluokan osastossa ja jolta puuttuu muuan arkipäiväinen, mutta silti tärkeä vaatekappale, on säälittävä olento. Erna katsahti häneen veitikkamaisesti. Kuinka surkealta veli näyttikään! Oh, tämä oli aika kolaus hänen jäykälle juhlallisuudelleen. Häntä itseään asia vain kiinnosti ja huvitti.

53

Eikä Erna voinut lopultakaan itselleen mitään: hän naurahti ääneen. Veli katsahti häneen puolittain suuttuneena, puolittain kauhuissaan kuiskaten matalasti:

— Erna, sehän oli hullu!

Erna pudisti tarmokkaasti päätään. Hänellä oli omat ajatuksensa, mutta vielä ei ollut aika niiden esittämiseen. Eikä seikkailu kai vielä ollut lopussakaan.

Veli ei uskaltanut puhua enempää. Mielipuolten kanssa oli oltava varovainen. Hän, Ernest Auer, oli keskusviraston apulaispäällikkö, mutta hän aikoi kerran olla saman viraston peljätty päällikkö. Hänen henkensä oli hänelle itselleen mitä kallisarvoisin.

Erna tunsi vain miellyttävää jännitystä. Hän odotti. Hänen vaistonsa sanoi hänelle, että vielä tapahtuisi jotakin. Hän oli oikeassa. Osaston ovi avautui ja äskeinen olio pistäytyi näkyviin.

— Kas tässä! mies virkkoi ja asetti lompakon apulaispäällikön jalkoihin. — Olosuhteitten uhrina olin pahoitettu ottamaan siitä viisisataa markkaa.

Auer melkein huokasi helpotuksesta. Housut ja viisisataa markkaa hänen mielestään oli, olosuhteet huomioon ottaen, hyvin kohtuullinen hengenhinta. Hän ei ilmaissut vastalausettaan.

— Ja nyt, tuntematon sanoi, tapahtukoon mitä hyvänsä lähimpänä kolmenakymmenenä minuuttina, te ette saa nousta, ette huutaa, ette koskea hätäjarruun! Tai ...

Pistooli miehen kädessä oli kaunopuheinen. Liike oli pieni, mutta merkityksellinen. Keveästi kumartaen mies katosi käytävään.

Veli ja sisar eivät puhelleet. Mies ilmeisesti vartioi käytävässä, tuo ihmeellinen rosvo, joka oli tyytynyt housupariin ja viiteensataan markkaan, kun olisi voinut helposti saada kymmenen, kaksikymmentä kertaa enemmän.

Juna notkui eteenpäin. Mitään ei tapahtunut, ei mitään. Parinkymmenen minuutin kuluttua juna vain ehkä puoleksi minuutiksi pysähtyi pienehkölle asemalle lähtien melkein samassa liikkeeseen.

Ja sitten Erna katsoi kelloaan. Nyt oli kulunut juuri puoli tuntia. Hän odotti vielä viisi minuuttia, sitten hän päättävästi nousi ja avasi oven käytävään. Käytävä oli tyhjä. Huolimatta veljensä selvistä, kieltävistä liikkeistä Erna uhmailevasti livahti käytävään ja lähti sitä pitkin kulkemaan. Hän vilkaisi viereiseen osastoon. Se oli tyhjä, Vastapäinen oli samoin. Parin minuutin kuluttua Erna oli täysin selvillä siitä, ettei ainakaan ensiluokassa ollut heidän ryöstäjäänsä. Ah, tämä oli tietysti poistunut junasta tuon pienen pysähdyksen aikana! Pysähdys

Erna jäi seisomaan keskelle käytävää. Pysähdys! Tosiaankin, se oli kummallista, mutta aikataulu ei ainakaan tiennyt mitään sellaisesta pysähdyksestä, ei mitään. Ylimääräinen pysähdys! Mutta kuka kykeni pysähdyttämään pikajunan pikkuasemalle?

Erna palasi veljensä luo ja naurahti iloisesti:

— Vieraamme on kadonnut!

Apulaispäällikkö ähkäisi, suuttumuksesta, noloudesta ja ehkä jostakin muustakin syystä.

— Erna, etkö olisi kiltti ja pysyttelisi hetkisen käytävässä! Tai jossakin muussa osastossa!

Erna poistui ja vajaan kymmenen minuutin kuluttua Ernest Auer vilkaisi käytävään. Kuusiseitsemäsosaa hänen jäykkyydestään ja juhlallisuudestaan oli palannut. Hänellä olivat jaloissaan iltapuvun housut! Onni, että hänellä oli iltapuku mukanaan ja siis reservikaatiot! No niin, iltapuku hänellä oli aina mukanaan.

Emä palasi osastoon ja istuutui vastapäätä veljeään.

— No? Erna virkahti kysyvästi.

Veljen kasvoilla vaihteli puna ja kalpeus.

— Minä haen junailijan käsiini. Tämä röyhkeä ryöstö on selvitettävä ja vaarallinen mielipuoli teljettävä taattuun paikkaan.

Exma laski kätensä miehen käsivarrelle.

— Älä pidä kiirettä! Miehellä oli tohtorinsormus, etkö huomannut?

55

Veli tuijotti häneen ällistyneenä.

— Tohtorinsormusko?

— Niin, Erna vastasi rauhallisesti. — Ja hänen kätensä olivat erinomaisen hyvin hoidetut. Herrasmies, kiireestä kantapäähän herrasmies! Eikä suinkaan hullu, ei lainkaan! Ei hullu pyydä naista kääntymään pois, kun ryöstää tämän seuralaiselta... hm, erinäisiä vaatetusosia. Ja käytös yleensäkin! Tässä piilee jotakin!

— Se piilo on paljastettava! veli sanoi sellaisen miehen itsenäisyydellä, joka on suuresta vaarasta pelastunut helpommin kuin osasi odottaa.

Erna vain nauroi.

— Tietysti, tietysti, hän myönnytteli. —Sinä tulet kuuluisaksi! Ajattelepa pakinoita, ajattelepa herkullisia pilakuvia, ajattelepa leikillisiä runoja housuttomasta virkamiehestä!

Ernest Auer ei sanonut mitään.

Erna oli kiukustuttavan oikeassa. Hän ei voisi, hän ei mitenkään voisi ilmiantaa rikollista! Vaarallinen hullu jäisi vapaalle jalalle ja voisi edelleenkin ryöstää ensiluokan matkustajilta housuja ja viisisatasia! Kiukuttavaa, mutta välttämätöntä?

Äkkiä Emä päästi hopeankirkkaan naurun.

— Älähän huoli Ernest! Me tapaamme ryöstäjän vielä. Minä tunnen hänet. Hänellä, on tohtorisormus ja hänellä on oikean käden keskisormen juuressa punertava luomi. Ja hän on herrasmies. Ja pääasia: hän tuntee meidät!

* * *

Ernest Auer saapui kotiinsa pahatuulisena ja haluttomana. Mutta päästyään makuuhuoneeseensa hän piristäytyi äkkiä ja tunsi vavahtavansa: tuolin selkämyksellä, hyvin silitettyinä, olivat hänen housunsa, jotka muutamia tunteja aikaisemmin oli häneltä ryöstetty. Ja pöydällä oli kirjekuori ja kirjekuoren sisällä oli viisisataa markkaa. Ei mitään muuta.

Auer soitti palvelijatarta.

— Kuka nämä toi? hän tiedusti kiihkeästi.

— Muuan mies, sama, joka toi neidille kukkia.

— Kukkia?

— Niin, kokonaisen suuren kauniin maljakon punaisia ruusuja! Ernest Auer lähti hitaasti ja miettivästi sisarensa luo. Jos rosvo oli hullu, hänen hulluudessaan oli miellyttäviäkin puolia. Ernan huoneessa oli jättiläismäinen maljakko tuoksuvia ruusuja. Hymyillen Erna osoitti veljelleen pienen kirjelipun.

»Nämä ruusut ovat anteeksipyyntö ja ihailuni tunnustus suurenmoisesta käytöksestänne. Ryöväri.»

Hm, hm! apulaispäällikkö Auer vain sanoi ja enempää hän ei olisi osannut sanoakaan.

* * *

Jo seuraavana päivänä Ernest raahasi ihaillun sisarensa juhlatilaisuuteen, jossa muuan ministerikin esiintyi puhujana. Ernest oli hyvin tärkeä ja puheen jälkeen hän pakotti sisarensa seuraamaan itseään.

— Minun on esiteltävä sinut ministerille!

Erna mukautui. Ministeri oli tehnyt häneen erittäin miellyttävän vaikutuksen: vielä nuorehko mies, miehekäs joka otteessaan ja sanassaan, koreilematon ja luonnollinen. Ja ministeri otti heidät vastaan peittelemättömän ihastuneena.

— Ah, siinähän on laulajattaremme, jota maailma kiittää ja kadehtii! hän huudahti Ernestin esittelyn jälkeen ojentaen kätensä.

Erna tarttui siihen ja katsahti sitä. Käsi oli hyvinhoidettu. Ja sitten hän näki ...

Ja Erna kohotti päänsä, katsahti hymyillen ministeriin ja sanoi melko hiljaan:

— Kiitos ystävällisyydestänne! Mutta anteeksi, minulla olisi muuan valtionsalaisuus! Hetkinen, Ernest!

Apulaispäällikkö, hiukan hämmästyneenä Ernan rohkeudesta, väistyi. Ja tällöin Erna nopeasti kumartui lähemmäksi ministeriä ja kuiskasi nopeasti:

— Kiitoksia ruusuistanne! Ne olivat hurmaavia!

Ministeri hätkähti, hän vilkasi sivuilleen, katsahti Ernaan, mutta purskahti sitten vapauttavaan nauruun.

— Kuinka? Mitä? Ja miten?

— Selitys! Erna vaati.

— Lupaan.

— No, minun selitykseni: luomi kädessä ja tohtorinsormus!

— Te olette noita! Tosiaankin, Niin, en harjoita ammattina juna-ryöväystä! Mutta: auttamaton tilanne! Olin ollut lohenonginnassa! Olin istuskellut maassa. Muurahaisia! Pudistelin... hm... niitä ikkunasta... tuuli vei... Ja silloin muutuin rosvoksi. Poistuin junasta ja otin auton. Ja olin kaupungissa ennen kuin Te ja arvoisa veljenne. Tämä on synnintunnustukseni. Mutta: saanko armon, ettehän kerro mitään veljellenne?

Ministerin äänessä oli rukoileva sävy. Erna oli ankarasti punnitsevinaan tehtyä ehdotusta.

— No, hyvä, olkoon se meidän, salaisuutemme, hän myöntyi lopulta.

— Kiitos, kiitos! ministeri kiirehti katsoen silmin nokkelaan uhriinsa. Mutta toivon, ettei tuo salaisuus tule olemaan ainoa eikä viimeinen mitä meillä kahdella on keskenämme.

Erna laski katseensa alas, sillä ministerin silmissä oli lämmin, hyvin lämmin ja rohkea kiilto.

Sininen jälki

Kuu valaisi tienoon ja tien, niin että se muistutti maalaisteatterin metsäkulisseja. Varjot olivat hiilimustat ja valokohdat hohtivat kuolleessa loisteessa epätodellisina. Routainen maa ikäänkuin soi jokaisesta äänestä ja jokaisesta liikkeestä.

Siten soivat ja kumisivat myös pienen, tanakan miehen askeleet, kun hän joutuisasti, silti kiirehtimättä, eteni pitkin kuun valaisemaa tietä. Vasemmalla olalla riippui raskas nahkainen laukku, mustapintainen, kiillellen kuunvalon siihen sattuessa. Oikeassa kädessä oli koukkupäinen keppi, jonka raudoitettu pää kopahteli routaiseen tiehen askelten tahtia säestäen. Levollista voimaa ja määrätietoista huolettomuutta uhosi koko pienen miehen liikuskelu. Hän tuli kaupungista ja oli parhaillaan kulkemassa metsikön halki, joka eroitti sievän huvilaesikaupungin varsinaisesta kaupungista.

Hiilimustasta varjosta syöksähti tielle tumma olento ja kuunvalo heijastui ojennetusta aseesta.

—Seis! Kädet ylös! komensi käheä, mutta jyrkkä ääni.

Olento oli lähellä ja kuin jatkuvaisuuden lain vaikutuksesta pieni mies otti vielä askeleen. Hänen asentonsa oli muuttunut, mutta lyhyt koukkupäinen keppi viuhahti ilmassa salamannopeasti kolahtaen toisen aseeseen. Pieni, musta metalliesine kumahti pudotessaan tielle.

Seuraavassa hetkessä varjosta tulleen olennon oikea käsi oli tarttunut pienen miehen kurkkuun, samalla kun vasen käsi tempasi nahkalaukun. Mutta pieni mies oli liikkeissään nopea ja pätevä. Hänen kätensä puristuivat kuin pihdit varjo-olennon oikeaan ranteeseen, kuului käheä voihkaisu ja tämä hellitti kurkkuotteensa. Kuitenkin hän ehti vasemmalla kädellään työnnältää huumaavan iskun pienen miehen suojattoman leuan alle. Tämä horjahti taaksepäin ja varjo-olento sukelsi laukku mukanaan metsän hiilimustiin varjoihin. Tiellä kimalteleva teräsase, jota hän ei enää ollut ehtinyt taikka muistanut ottaa mukaansa, oli ainoa jälki hänen äkillisestä hyökkäyksestään.

Sekunnin, pari, kolme pieni mies seisoi hiljaa huojuen tiellä. Sitten hän kumartui, sieppasi aseen ja painautui mustien varjojen sekaan, kumahtelevaan metsään.

* * *

Kello oli neljänneksen yli kaksikymmentäkolme, kun virkaatekevä rikoskomisario Akseli Ivarson ilmestyi poliisilaitokselle ja meni päivystyshuoneeseen.

Vartiopoliisi ei hänen ilmestymistään ihmetellyt, päivystäjän huomiota se ei herättänyt ja päällikkö, joka oli viipynyt laitoksella myöhään, tervehti niinikään vain lyhyesti kummastusta osoittamatta.

Virkaatekevälle komisario Ivarsonille eivät kuuluneet mitkään virastoajat. Hänellä olivat omat aikansa, omat tulonsa ja menonsa ja niihin oli totuttu jo silloin, kun Ivarson oli ollut pelkkä ylimääräinen rikospoliisi.

Nyt hän oli ylikonstaapeli ja virkaatekevä komisario ja kaikki tiesivät, että oli vain pienen ajan kysymys, milloin hänet nimitettäisiin vakinaiseksi. Sillä Ivarson oli laitoksen tuki ja toivo. Hän oli erinomaisissa väleissä päällikön kanssa taikka, oikeammin, päällikkö oli hänen kanssaan erinomaisissa väleissä. Päällikön oli pakko olla, sillä ilman Ivarsonia laitos olisi monasti joutunut ikävään ja noloon valoon.

Murrot, ryöstöt ja varkaudet olivat Ivarsonin erikoisalana ja vaikka ei voinut sanoa, että hänen pelkkä olemassaolonsa olisi lopettanut mainitut rikokset, niin tosiasiaksi jäi joka tapauksessa, että hänen toimestaan oli suuri joukko mitä hienoimmin suunniteltuja rikoksia paljastettu ja syylliset saatettu lainkouran tuntemukseen.

Mutta Ivarsonin oli annettava työskennellä omalla tavallaan ja häiritsemättä. Hän käytti harvoin apulaisia. Hän etsi ja tutki itse ja vasta sitten, kun kaikki oli selvää, vasta sitten hän ilmaisi tutkimuksensa tulokset, osoitti syylliset ja antoi muitten pidättää heidät.

Hän oli kuin huuhkaja, hän liikkui äänettömästi ja näkymättömänä yöllä, mutta hän ei huuhkajan tavoin kylläkään pitänyt ääntä. Ammattimurtovarkaat pelkäsivät ja ihmettelivät, häntä, niin kummalliset ja oudot olivat hänen tapansa päästä rikosten perille.

— Jotain uutta? Ivarson kysyi värittömällä äänellään päivystäjältä.

— Ei kerralla mitään. Milläs asioilla sinä nyt liikut?

— Enpä paljon millään. Yrittelen sitä kultaseppäliikkeen ryöstöä selvittää, mutta tekijät eivät ole vielä täällä. Ensi viikolla kai se juttu on selvä.

Ivarson meni omaan huoneeseensa ja syventyi muutamiin kuulustelupöytäkirjoihin, joissa eräs rikollinen mitä itsepäisimmin ja lapsellisimmin kielsi syyllisyytensä, vaikka se oli selvä ja todistettu.

Ivarson syventyi pöytäkirjoihin. Harmahtavat, tuuheat kulmakarvat liikahtelivat heikosti, mutta suu, katkerailmeinen ja ohuthuulinen, oli tiukasti yhteenpuristettu ja kasvot kaikkineen, korkea luisu otsa ja ohut tukka, jonka läpi päälaki paistoi, sai näyttämään hänet ankaralta askeetilta. Sellaiseksi hänet tunnettiinkin. Hänen elämäntapansa olivat mitä yksinkertaisimmat ja hänen ainoa intohimonsa oli hänen virkansa.

Kuului lyhyt koputus ovelta ja päällikkö astui sisään. Hänen takanaan näkyi kaksi muuta miestä.

— Ivarson, luulenpa, että tässä on teille jotakin alaanne kuuluvaa! Astukaa sisään, olkaa hyvä

Miehet astuivat sisään ja Ivarson nousi hitaasti seisomaan. Päällikkö esitteli: johtaja Tuokko ja rahastonhoitaja Mätäs. Ivarson puristi jäykästi tulijoitten kättä ja viittasi tuoleihin. Kaikki istuutuivat.

— Olkaa hyvä ja kertokaa, herra Mätäs! päällikkö kehoitti.

Mätäs oli pieni, tanakka mies, jonka silmät olivat harvinaisen kirkkaat ja eloisat. Hän ei ollut poissa suunniltaan, mutta näkyi, että jokin oli häntä järkyttänyt. Hän naurahti hieman ja sanoi täsmällisesti:

— Niin, tänä iltana kello kaksikymmentäkaksi ja neljäkymmentä minut ryöstettiin esikaupunkiin johtavalla tiellä neljänsadan metrin päässä raitiotiepysäkistä. Ryöstäjä oli aseistettu ja naamioitu mies. Hänen saaliikseen jäi musta nahkainen laukku sekä satakahdeksankymmentätuhattaneljäsataakuusikymmentäkolme markkaa ja kaksikymmentäviisi penniä. Ryöstäjä hävisi esikaupunkiin.

— Ohhoh! päällikkö äännähti. — Mitä arvelette, Ivarson?

— En mitään vielä, Ivarson vastasi kuivasti ja nojasi päätään oikeaan käteen tuolin sivunojalla. — Jos saan luvan pyytää, niin kuka, mikä, mitä j.n.e.

Pieni mies yskähti. Ivarson muutti asentoa ja otti kynän käteensä.

— Nimeni on Mätäs, Henrik Olavi Mätäs ja olen rahastonhoitaja herra Tuokon omistamassa ja johtamassa puutavaraliikkeessä Tuokko & C:o. Tehtäviini kuuluu myös käydä maksamassa tilit metsätyöläisille ja metsien myyjille. Nämä matkat tehdään tavallaan epäsäännöllisesti juuri siitä syystä, ettei joittenkin mammonanhimoisten lurjusten päähän pälkähtäisi odottaa ja ryöstää minua. Huomisaamuna oli aikomukseni taas lähteä mainitulle matkalle ja koskapa juna lähtee aikaisin, minä sain rahat jo tänään haltuuni. Työt venyivät konttorissa niin pitkälle, että vasta kello kymmenen jälkeen pääsin lähtemään. Asun huvilaesikaupungissa ja sinne matkalla ollessani jouduin ryöstetyksi.

Hm, kuului pöydän takaa. — Voitteko mainita joitakin tuntomerkkejä ryöstäjästä?

— En paljonkaan. Kasvot olivat mustan naamion peitossa enkä halustani huolimatta ehtinyt tempaista naamiota pois. Muuten mies oli keskikokoinen tai hiukan pitempi, solakka ja notkea. Hänellä oli yllään tavallinen sadetakki ja tumma huopahattu.

— Miten ryöstö tapahtui?

— Mies syöksähti varjosta tielle aivan lähelle ja ojensi pistoolin komentaen kädet ylös. Kepilläni sain kuitenkin aseen lyödyksi tielle. Tällöin mies tarttui kurkkuuni ja samalla tempasi olaltani laukun. Kurkkuotteesta pääsin irtautumaan, mutta sitten sain navakan iskun leukaani, mikä melkein pökerrytti minut muutamaksi sekunniksi. Sillä aikaa rosvo pakeni metsään. Ajoin häntä takaa, mutta hän häipyi esikaupungin kaduille ja talojen sokkeloihin.

— Ja sitten?

— Sittenkö? Sitten menin suoraa päätä johtajan luo hänelle asiasta kertomaan ja niin tulimme tänne.

— Onko teillä pistooli matkassanne?

— Kas tässä, olkaa hyvä!

Komisario Ivarson otti aseen ja tutki sitä tarkoin. Tuskin huomaamaton hymy valaisi hänen kasvojaan. Hän nousi ja pyytäen odottamaan hetkisen hävisi käytävään. Hän palasi noin viiden minuutin kuluttua.

— Saanko tarkastaa leukaanne! hän virkkoi odottamatta ja ennenkuin Mätäs oli ehtinyt tehdä mitään hän jo oli kohottanut pienen miehen leuan ylöspäin valoa kohti ja tarkasteli sitä. Herra Tuokko ja päällikkö katsoivat myös.

— Tässä ei näy mitään jälkeä eikä merkkiä, Ivarson totesi värittömästi,

— Se olikin totta. Herra Mätäs naurahti. — Minulla onkin luja leuka, hän sanoi vilkkaasti.

— Niinpä niin, kuului Ivarsonin kuiva myönnytys, kun hän palasi pöytänsä taa. — Muuten, toiseen asiaan mennäksemme, minkälaiset ovat raha-asianne, herra Mätäs?

Pieni mies joutui hämilleen.

— Mitä ne tähän kuuluvat?

— Olisitteko ystävällinen ja vastaisitte?

— En vastaa mihinkään sellaiseen.

— Sepä vahinko, sanoi Ivarson ja hänen sävyssään kuului selvä pilkka. — Sitten on minun muistutettava teille, että olette menettänyt noin satatuhatta veljenpoikanne teollisuusyrityksessä ja lähes viisikymmentätuhatta koulutoverinne takauksessa. Enkö ole oikeassa?

Pieni mies pyyhki otsaansa, ja tuijotti rikospoliisiin, joka nojautui taaksepäin tuolissaan oikea käsi leuan alla.

— Mihin te oikein haluatte tulla? hän kysyi käheästi.

— Siihen, Ivarson vastasi kylmästi, etten usko juuri mitään kertomuksestanne. Se on keksitty.

— Keksitty?

— Niin. Vastatkaa: kuinka moni tiesi matkalle lähdöstänne?

Mätäs katseli ympärilleen. Hän tuntui olevan järkytetty.

— Kuinkako moni? Johtaja ja kirjanpitäjä, ei kukaan muu.

— No niin, heitä ette kai epäile. Ja milloin matka päätettiin?

— Toissapäivänä.

— Kas niin. Kertomuksenne viittaa ilmeisesti harkittuun ryöstöön. Kuitenkin on rosvon ollut melkein mahdoton tietää tuloanne. Hm, kulkiko ketään edellänne?

— Kulki. Muuan herrasmies kulki noin kaksisataa metriä edelläni, mutta hän kääntyi sitten jonnekin sivulle.

— Sivuuttiko hän ryöstöpaikan?

— Sivuutti.

— Hm, katsokaas nyt: matkastanne ei tiennyt kuin pari aivan luotettua henkilöä, teillä on huonot raha-asiat, kertomus viittaa harkittuun rikokseen, leuassanne ei ole mitään merkkiä väitetystä iskusta ja sitten tämä ase.

Ivarson nosti aseen ilmaan

— Ase?

— Niin. Muistatteko, että kahdeksan kuukautta sitten ilmoititte, että teiltä on joko pudonnut taikka varastettu pistooli? Muistatte. No niin, sama pistooli on tässä. Malli ja numero on sama. Kävin äsken tarkistamassa. Muistin asian ihan sattumalta. No?

Hänen äänensä oli käynyt kovaksi ja uhkaavaksi. Hänen todiste-luketjunsa oli vakuuttava ja johtaja Tuokko loi rahastonhoitajaansa äärimmäisen kummastuneen, ja samalla suuttuneen katseen. Päällik-kö hymyili tyytyväisenä: Ivarson ei viivytellyt. Tosiaankin, pieni mies oli vaikeassa asemassa. Ivarsonin todisteita oli paha kumota.

— Päällikkö, Ivarson sanoi virallisesti, haluan, että herra Mätäs pidätetään kuulusteluja varten.

Herra Mätäs istui aivan typertyneenä hetkisen, tuijotti nopeaan ja varmaan rikospoliisiin ja hänen silmäteränsä pienenivät koviksi ja pistäviksi.

— Täällä on kuuma., hän sanoi odottamatta ja nousi riisumaan palttoaan, jonka ripusti Ivarsonin takin viereen pieneen naulakkoon.

— Epäilettekö, Ivarson, herra Mätästä? päällikkö kysyi hiukan epävarmasti.

— Epäilen kaikkia, oli Ivarsonin oraakkelimainen vastaus. — Her-ra Mättään kertomus ei tunnu minusta vakuuttavalta. Huomenna voimme asiaa tutkia tarkemmin.

Herra, Mätäs palasi paikalleen. Hän tuntui saavuttaneen takaisin levollisuutensa ja hänen naurunsa kajahti huolettomalta.

— Ei, kuulkaas, minä en halua joutua pidätetyksi. Vaimoni tulisi levottomaksi. Ja te olette väärillä jäljillä, ehdottomasti väärillä jäljillä. Minä en ole keksinyt mitään, en kerrassaan mitään. Minun leukani on hellä, vaikka, siinä ei vielä näy mustelmaa. Minulle kohoavat mus-telmat hyvin hitaasti.

— Hm, kuului Ivarsonilta epäuskoisesti.

— Ja muutenkin, pieni mies jatkoi, todistelu on ontuva. Minua ih-metyttää herra Ivarsonin tarkat tiedot taloudellisesta asemastani. Mut-ta ehkä herra Ivarsonin virkaan kuuluu tietää sellaiset asiat. Totta on, että veljenpoikani teollisuusyritys epäonnistui. Ja totta on sekin, että koulutoverini joutui vaikeuksiin. Mutta — pienen miehen ääni koveni — nähtävästi herra Ivarson ei tiedä, että veljenpoikani sai myydyksi yri-tyksensä melko hyvään hintaan, niin että tappioni ei muodostunut kuin noin kuudeksi tuhanneksi. Sellainen summa ei vaaranna asemaani. Ja mitä tulee taas koulutoveriini, hänen setänsä inhimillisesti katsoen kuoli liian aikaisin, mutta raha-asioihin nähden mitä sopivimmin. Viikko sitten siirrettiin tililleni tuo jo menetetyksi luultu viisikymmentätuhatta. Niin että raha-asemani on luja. Sitä seikkaa, että rosvo käytti minulta kadonnutta pistoolia, sitä en kylläkään pysty selittämään.

Komisario Ivarson nojautui innokkaana eteenpäin kädet pöydälle työnnettyinä. Pieni mies katsoi häneen rävähtämättä ja hänen katseessaan oli jonkinlaista kummastusta ja epäröintiä. Päällikön voitonvarma ilme oli kadonnut ja johtajan katseesta oli hävinnyt suuttumus. Herra Mättään uhattu asema oli tuntuvasti vahvistunut.

— Vai niin, Ivarson sanoi pitkäveteisesti, vai ovat raha-asianne korjautuneet! Hm, en ole sattunut siitä kuulemaan.

— Ihmeellistä, pilkkasi pieni mies. — Ette sattunut kuulemaan! En ole tiennyt, että raha-asiani niin suuresti kiinnostavat rikospoliisia. Omituista tosiaankin! Tottahan kyllä on, että molemmat asumme esikaupungissa, mutta en luullut, että esikaupunkijuorut herättäisivät rikospoliisin huomiota.

— Meidän on tiedettävä kaikki ja kuunneltava kaikkea, selvitti Ivarson.

— Niin tuntuu, pieni mies myönsi kylmästi. — Muuten, voinko soittaa kirjanpitäjällemme ja pyytää häntä tänne. Hän voisi selvittää erään tärkeän seikan, jonka nyt muistan.

Ja lupaa odottamatta hän soitti. Hän sai odottaa hetkisen ja sitten hän käskevästi määräsi kirjanpitäjän saapumaan poliisilaitokselle. Tarmonpuuska oli hänet vallannut eivätkä toiset voineet häntä estää. Ilmeisesti hän kammoi pidätetyksi joutumista.

Tuli täydellinen hiljaisuus. Kolkko, autio huone vaikutti painostavalta. Tuntui ikäänkuin epälukuisten rikosten jäljet olisivat vaikuttaneet sen ilmaan tukahduttavina. Pieni mies pyyhki otsaansa, nousi ja meni vaatenaulakon luo. Hän etsi nenäliinaa takkinsa taskusta. Ivarson tuijotti pimeään ikkunaan, päällikkö nojautui taaksepäin tuolissaan ja poltti hermostuneena savuketta ja johtaja Tuokko tuijotti kengänkärkiinsä. Herra Mättään niistäminen vaikutti räjähdyksentapaiselta ahdistavassa hiljaisuudessa.

Kirjanpitäjä, punakka, silmälasinen herrasmies, ilmestyi lopulta.

Herra Mätäs hypähti sukkelasti häntä vastaan ja vaihtoi kuiskaten hänen kanssaan puolenkymmentä lausetta. Pienen miehen kasvot loistivat.

— Asia on niinkuin muistelinkin, hän julisti. Toissapäivänä istuin omassa huoneessani konttorissamme, johtaja Tuokko omassaan ja kirjanpitäjä yleiskonttorissa. Ovet olivat auki. Muistan, kuinka johtaja Tuokko huusi omasta huoneestaan: »Mätäs, ylihuomennako lähdet palkanmaksuun?» Huusin hänelle takaisin ja ilmoitin, etten tänään vielä ehtisi, vasta seuraavana aamuna, mutta että jo tänään ottaisin rahat haltuuni.

— No, entä sitten? päällikkö keskeytti kärsimättömästi.

— Sitä vain, että hetkisen kuluttua katsahdin yleisökonttoriin ja silloin näin, että siellä oli vieras. Hän oli minuun selin, mutta luulen hänet tuntevani. Hän kuuli keskustelumme. Ja kirjanpitäjä muistaa tarkasti, kuka hän oli.

Herra Ivarson ikäänkuin vetäytyi kokoon kuin hyppyyn valmistautuva kissa. Pieni mies piti vaikuttavan tauon ja sanoi sitten hiljaa:

— Tämä mies oli komisario Ivarson. Hän oli tullut kyselemään lautoja rakennuksensa aitaa varten.

Ivarsonin nyrkki paukahti pöytään.

— Mitä tarkoitatte tällä viittauksella? hän jyrisi ja hänen kalpeat kasvonsa olivat tulipunaiset.

— Sitä vain, että on siis neljäskin henkilö, joka tiesi matkastani jo toissapäivänä. Ja sitä, ettei pidä tehdä liian hätäisiä johtopäätöksiä.

He katsoivat toisiinsa, komisario ja pieni mies ja pienen miehen katseessa ja asennossa oli varmuutta, jota ei ollut komisariolla. Päällikkö oli noussut seisomaan.

— Tuo todiste on kai täysin arvoton, hän sanoi hermostuneesti.

— Mutta joka tapauksessa se on todiste siitä, että jotkut muut tiesivät matkastani. Onhan herra Ivarson voinut siitä mainita jollekin ...

— Herra!

— No niin, annetaan olla, myönnytteli pieni mies. — Mutta selontekoni ei oikeastaan vielä ole lopussa. Nyt muistan lisää kertomukseeni pari pikku seikkaa, mutta pikku seikathan ovat, mikäli olen kuullut, ratkaisevia kaikissa tutkimuksissa.

— Kertokaa sitten ja nopeasti! Minulla ja meillä ei ole aikaa koko yötä teitä varten, ärähti Ivarson.

— Niin, katsokaas, tuo musta nahkainen laukku, jossa rahat ja paperit olivat se oli muutamia päivä sitten eräällä suutarilla korjattavana. Ja vaikka siitä ei ollut mitään puhetta ollut, suutari samalla sen mustasi. Mutta hän käytti jotakin huonoa ainetta, niin että varsinkin laukun hihna mustaa nyt kättä. Se on ilkeää. Otaksun, niin, olen varma siitä, että rosvo hihnaan tarttuessaan hyvin pahasti mustannut vasemman käsineensä. Näin selvästi, että hänellä oli trikookäsineet. Siihen muste tarttuu lujasti ja lähtemättömästi.

— Hm, tästä tuntomerkistä tuskin on apua, Ivarson murahti. Rosvo on tietysti heittänyt käsineensä pois.

— Ei se ole niinkään varma, pieni mies väitti. Mutta minulla on parempikin tuntomerkki. Eikä sitä voi heittää pois. Katsokaas, kun rosvo tarttui oikealla kädellään kurkkuuni, minä torjuin hänet. Minä osaan muutamia japanilaisia taito-otteita ja vaikka itse sanon, niin olen varsin vahva mies. Puristin ja väänsin rosvoa oikeasta ranteesta ja voin mennä valalle siitä, että noin tunnin kuluttua hänellä on ranteessa mitä sinisimmät jäljet. Niistä ei voi erehtyä, jos vain rosvo sattuu vastaan osumaan.

— Se ... se on jo parempi tuntomerkki, Ivarson myönsi ja nojautui taaksepäin tuolillaan pistäen kädet taskuihinsa. — Onko vielä muuta?

Pieni mies tuntui miettivän hetkisen.

— Ettekö kirjoita kertomustani muistiin? hän kysyi äkkiä.

— Muistan sen kyllä muutenkin ja tärkein on jo kirjoitettu, selvitti Ivarson. — Täydellinen poliisikuulustelu on pidettävä kuitenkin huomenna. Onko vielä muuta?

— Tavallaan. Luulen tietäväni korttelin, jossa rosvo asuu tai jossa hänellä on ainakin jonkinlainen tukikohta.

— Kuinka niin?

— Ajoin häntä takaa eikä hän ilmeisesti ollut odottanut, että takaa-ajo tapahtuisi niin pian. Sain hänet pari kertaa näkyviini. Sitten hän hävisi. Mutta kuulin, kuinka joku ulko-ovi avattiin ja suljettiin. Ilma on erittäin kirkas ja kun on lievä pakkanen, pieninkin ääni kaikuu moninkertaisena. Siinä korttelissa on kansakoulu ja ettekö tekin asu siinä, herra komisario?

— Asun kyllä, Ivarson vastasi nopeasti ja naurahti. — Olisihan somaa, jos rosvo olisi ottanut tyyssijakseen saman korttelin. Luulisinpä, ettei häntä ole silloin mahdoton löytää.

Pieni mies nousi ja astui pöydän luo. Lupaa pyytämättä hän otti pistoolin käteensä.

— Tämä on perin kummallinen sattuma, että oma aseeni suunnattiin minua vastaan. Hm, tämä on ladattu!

Hän irroitti makasiinin ja nyppi pois panokset.

— Yhdeksän kappaletta! Kaikki ovat tallella. Onko teillä, tapana käyttää, työssänne pistoolia, herra komisario?

— Käytän sitä hyvin harvoin. Minun on voitettava viekkaudella eikä voimalla.

Pieni mies tuntui huoahtavan helpoituksesta.

— Se tekee asian yksinkertaisemmaksi, hän sanoi. — Herra päällikkö, tiedän, kuka on rosvo ja voin sen todistaa.

Hänen kätensä ojentautui ja etusormi viittasi komisario Ivarsoniin.

— Herra Ivarsonilla on kaksi ammattia: hän on poliisi ja varas!

Ivarson ei syöksähtänyt pystyyn. Hän kyyristyi tuolillaan eikä sanonut mitään. Pieni mies hypähti vaatenaulakon luo ja kenenkään estämättä tempasi esiin parin vaatekäsineitä.

— Kas tässä on Ivarsonin käsineet! Vasen käsine!

Se oli mustetahroissa. Näkyi, että jokin leveä hihna oli liukunut kämmenen yli.

— Muste on tuoretta, totesin sen äsken ollessani muka nenäliinaa etsimässä. Ja katsokaa herra Ivarsonin oikeaa rannetta! Se on turvonnut ja siinä ovat selvät siniset jäljet sormieni puserruksesta.

Ivarson istui tuolillaan kädet housuntaskuissa. Hänen silmissään oli harhaileva ilme ja hänen hengityksensä oli lyhyttä ja katkonaista.

Päällikkö tuijotti häneen suunniltaan järkytyksestä. Ivarson! Kuin salamanvälähdyksessä hänen mieleensä tulivat ne monet selvittämättömät rikokset, joihin Ivarsonin taito oli kilpistynyt. Olisiko Ivarson? Jo ennen? Ammatikseen? Hän oli oikeastaan ulkomaalainen ... hänen elämästään ei mitään tiedetty.

— Näyttäkää kätenne! päällikkö käski lyhyesti.

Ivarson pudisti päätään itsepäisesti.

—En näytä!

Mutta hän näytti. Pieni mies oli kuin kumipallo, joka seinästä ponnahtaa, kun hän hyppäsi Ivarsonin kimppuun. Kuului lyhyt voihkaus ja sitten Ivarsonin oikea käsi ojentui. Kalvosimet olivat nousseet ylös ja ranne oli paljaana. Se oli paksu ja turvonnut ja sitä kiersi tummansininen jälki.

— Lähettäkää pari miestänne tämän herran asuntoon, niin olen varma siitä, että, saamme rahat heti takaisin. Hän ei ole ehtinyt niitä piiloittaa.

Ja niin tapahtui, että rajattomaksi ihmeekseen kaksi rikospoliisia sai vielä yöllä toimeenpanna kotitarkastuksen komisario Ivarsonin asunnossa. Heidän saaliinsa oli täydellinen: nahkainen rahalaukku ja musta naamio.

Mutta Ivarson vain nauroi ja päällikkö ja herra Mätäs ja johtaja ja kirjanpitäjä aavistivat, että Ivarson joutuisi enemmän lääketieteen kuin lain kanssa tekemisiin.

Majuri Perhiön juttu

Kaikella julkisen sanan käyttäjän arvovallalla on ensiksi vakuutettava, ettei jalkaväkeen kuuluvalla, aktiivisessa palveluksessa toimivalla majuri Valde Perhiöllä, tunnollisella upseerilla ja veroa maksavalla kansalaisella, ole mitään osuutta n.s. majuri Perhiön juttuun, millä nimellä tämä asia joissakin piireissä ollaan tuntevinaan. Juuri tuo nimitys osoittaa, ettei noilla piireillä lopultakaan ole mitään selvää tietoa kyseellisten tapahtumain oikeasta luonteesta. Se seikka, että majuri Perhiö, vastoin omia laskelmiaan, joutui muutaman virkatoverinsa sairastumisen takia matkustamaan silloisesta oleskelupaikastaan kesäkuun 24. päivänä klo 10.27, sensijaan että hän olisi matkustanut vasta 15.30, ei mitenkään oikeuta myöhempien tapahtumien kehitystä nimittämään hänen tahrattomalla nimellään. Mutta sellainenhan on maailman tapa. Ne kahvipavut, joita veteen lioitettuina monissa paikoin tarjotaan mokan nimellä, eivät ole ikinä nähneet enempää Mokkaa kuin Mekkaa taikka edes Medinaa, taikka ne porsaat, joita kaupataan Sakkolan porsaina, myöskään ole kotoisin tuosta kinkkukuulusta pitäjästä.

Ne, jotka virkansa puolesta ovat velvolliset tutustumaan tällaisiin asioihin, sensijaan tuntevat tapahtuman taikka tapahtumasarjan yksinkertaisesti nimellä »Asia F 36», tuntevat, niin elleivät jo ole unohtaneet. Sillä asia on loppuunkäsitelty eivätkä nuo henkilöt kiinnostu sellaisista, vaan he etsivät uusia. Heillä ei ole aikaa levätä laakereilla eikä syventyä retrospektiivisiin tarkasteluihin.

Lähteistä, joitten luotettavuutta ei voi epäillä, ja tavalla, joka ei kuulu julkisuuteen, olemme kuitenkin tilaisuudessa paljastamaan tapahtumasarjan pääpiirteet.

* * *

Kesäkuun 24 päivänä kello 11.16 astui Toiminimi A. Vartian Sotilas- ja Siviilipukimon nuorempi osakas ja mainitun liikkeen militaristisen osaston mestari, herra Ilmari Lievo junaan. Hänellä oli mukana kaksi matkalaukkua, joista toisessa oli monia ja tässä lueteltavaksi tarpeettomia yksityisiä matkavarusteita, toisessa uudenuutukainen, täydellinen majurin virkapuku kaikkine merkkeineen ja uusine kunniamerkki- ja ritarinauhoineen. Mainittuun pukuun kuuluivat sekä pitkät että ratsastusmalliset housut, virkalakki, vyö ja asetuksenmukaiset kengät, ei kuitenkaan saappaita. Tämän puvun oli tilannut jo mainittu majuri Valde Perhiö ja koska herra Ilmari Lievolla oli asiaa naapurikaupunkiin, jossa majuri Perhiö oleskeli joissakin mobilisatiotehtävissä, hän oli lupautunut tuomaan puvun henkilökohtaisesti. Niinikään majurin salkun, jonka tämä oli unohtanut liikkeeseen siellä viimeksi käydessään.

Herra Lievon omien asioitten laatu selviää maininnasta, että hänellä oli liivinsä taskussa kaksi kapeaa, sileää kultasormusta. Tämä seikka, joka mahdollisesti asiaankuulumattomana olisi sivuutettu oikeudenkäynnissä, oli kuitenkin myöhempien tapahtumien syy, pohja ja perustus ainakin psykoloogisessa mielessä. Tulkoon myös todetuksi, että ilma oli, kuten mainittuun aikaan useinkin on, kaunis, kuumuus mahdoton ja tungos junassa sietämätön. Nämä kaksi viimemainittua hermostuttavaa ilmiötä eivät kuitenkaan pystyneet järkyttämään herra Lievon sielullista tasapainoa, joka pohjautui noihin sormuksiin sekä kolmipäiväiseen lomaan kuumeisesta liike-elämästä ja jalon räätälinammatin harjoittamisesta.

Kello 13.02, aivan aikataulun mukaisesti, herra Lievo saapui idylli-

seen pikkukaupunkiin matkalaukkuineen ja salkkuineen. Istuuduttu-
aan autoon hän kello 13.14 soitti majuri Perhiön asunnon ovikelloa.
Hän soitti sitä turhaan, sillä majuri oli matkustanut, kuten jo on tul-
lut kerrotuksi, eikä asunnossa ollut ketään. Hän yritti lähes kymme-
nen minuuttia, minkä jälkeen palasi autoon ja antoi määräyksen ajaa
Seurahuoneelle. Täällä hän onnistui saamaan huoneen. Vapauduttu-
aan matkatomusta ja ulkoasuaan viimeisteltyään hän ajoi sinne, missä
toisen kultasormuksen tuleva kantaja asusti.

Kello 14.16 herra Lievo istui huoneessaan hotellin ensimmäisessä
kerroksessa — yksin. Hän oli hämärästi, mutta silti musertavasti tie-
toinen siitä, että hänen sormusostonsa oli ainakin ennenaikainen ja
kaiverrus väärä. Se, jolle toinen sormus oli aiottu, joko oli jo ottanut
taikka ottaisi sormuksen vastaan linja-autoilijalta, joka omisti myös
henkilöauton sekä kaksi palkintoa moottoripyöräkilpailuissa. Mestari
Ilmari Lievo oli auttamattomasti syrjäytetty.

Tähän asti tapahtumien kehityksessä ei ole ilmestynyt mitään
huolestuttavaa. Majuri Perhiön poissaolo oli pikkuseikka. Myöskään
ei kunniallinen vaatturimestari mitenkään ole yhden naisen oikkujen
varassa. Mutta kuitenkin: mestari Lievo tunsi jonkinlaista tarvetta
purkautua.

Mutta hän oli malttava mies eikä hätiköinyt. Ensiksikin, olipa sy-
dämien ja sormuksien laita kuinka tahansa, ammatti oli hoidettava.
Siksi herra Lievo aukaisi toisen matkalaukun ja levitti majurin virka-
puvun eri osat tuolien varaan, etteivät ne rypistyisi. Sitten hän kävi
käytävän puhelinkomerossa tilaamassa puhelun kotiinsa, ilmoittaak-
seen, ettei hän huolisikaan kolmipäiväisestä lomasta.

Ja tämän jälkeen hän soitti ja tilasi itselleen wisky-grogin. Ja noin
kymmenen minuutin kuluttua toisen. Nyt on niin, ettei mestari Lie-
vo tuntenut wisky-grogeja enemmän kuin muitakaan kuningas Alko-
hoolin inkarnaatioita. Hän oli kuullut joitakin nimiä, siinä kaikki.
Vaatturinammatin menestyksellinen harjoittaminen nykyään, jolloin
tehdasvalmisteet sopivat yhtä hyvin — tai huonosti — sekä jättiläisil-

le että kääpiöille, rujoille ja atleeteille, ei salli nestemäisten aineitten syvempää, omakohtaista tuntemusta. Niin ollen on luonnollista, että kaksi tukevaa grogia, nautittuina peräperää ja muserretussa mielentilassa, aikaan sai lievän vallankumouksen herra Lievon sen hetkisessä maailmankatsomuksessa. Se valkeni ja vilkastui. Jopa herra Lievo oli huomaavinaan joitakin humoristisiakin piirteitä tuossa sormusjutussa. Ja äkkiä hän päätti, että nyt hän huvittelisi perusteellisesti.

Kukaan ei milloinkaan ollut keksinyt herra Lievossa mainittavasti mielikuvitusta, vaikka ilman mielikuvitusta on mahdoton olla hyvä räätäli, yhtä mahdoton kuin on olla hyvä säveltäjä. Mutta hänessä oli fantasiaa ja tällöin, onnettomuudeksi, täytyy meidän sanoa, hänen katseensa kiintyi majurin komeaan virkapukuun.

Epäilemättä tapahtumain seuraava vaihe todistaa herra Lievon kevytmielisyyttä ja huikentelevaisuutta. Se on myönnettävä, mutta ei enempää. Herra Lievo ei aikonut mitään enempää ja ainoastaan aikomukset ovat korkeammassa mielessä omiamme; teot syntyvät häiritsevienkin tekijöitten vaikutuksesta.

Herra Lievo myhähti itsekseen ja tilasi itselleen, jo melkein tottuneesti, kolmannen grogin. Sen nautittuaan hän oli myyty mies. Neljännestunnin kuluttua hän katseli itseään kuvastimesta. Hän myhäili yhä edelleen. Hänen yllään oli majuri Perhiön uusi virkapuku. Se sopi hänelle, mikä ei ollutkaan ihme, sillä hän olikin käyttänyt itseään mallinukkena. Ja hän oli kaiken kaikkiaan komea ilmestys, sillä missäpä puvussa roteva ja voimakas miesvartalo pääsee parempiin oikeuksiinsa kuin ammattitaitoisesti valmistetussa sotilaspuvussa?

Herra Lievo katseli itseään ja myhäili. Epäilemättä tarkoituksetta Ja hän oli juuri aikeissa riisua takin yltään, kun ovelle koputettiin ja tarjoilija ilmestyi näkyviin. Hän vilkasi herra Lievoon ja tiedoitti:

— Herra majuri, puhelu on tullut.

Nyt olisi kysytty stoalaista mielenlujuutta, mutta pahaksi onneksi herra Lievo oli varsin epikurolaisessa mielentilassa. Niin ollen hän ei oikaissut tarjoilijan erehdystä, ei ilmoittanut, ettei hän ollut majuri, vaikka hän oli kenraaleitakin tehnyt, ei millään tavalla reagoinut puhutteluun. Hän vain nyökkäsi ja kiiruhti puhelimeen — yllään majurinpuku.

Jossakin sielun pohjalla, pimennoissa, joihin ei tajunnan valo aina ulotu, herra Lievo kai kärsi kuvitellusta alemmuudesta, mikä kaikki aiheutui hyljätystä sormuksesta. Epäilemättä hylkääjätär ei ollut pitänyt hänen rauhallista, tuottoisaa ammattiaan kyllin uljaana, jännittävänä ja hienona. Hyvä, nyt herra Lievo tahtoi kostaa tuon nöyryytyksen, vaikkapa sitten valekeinoin. Hän tahtoi edes itsensä silmissä olla jännittävimmän ammatin harjoittaja: sotilas, ammattisotilas, upseeri.

Tartuttuaan kuulotorveen hän ei enää kuolemakseenkaan muistanut, miksi hän oli tilannut puhelun. Mutta kuultuaan langan toisesta päästä vanhemman osakkaan tutun äänen, hän riemastui puhelemaan oudon kevyesti ilmoittaen, että hän aikoi huvitella... kuulitteko... huvitella ihan perusteellisesti. Senjälkeen hän ripusti kuulotorven, astui käytävään ja oli törmätä Inga von Steiniin.

Ilmari Lievo ei suinkaan tiennyt, että hän oli Inga von Stein. Hän ei tiennyt, että hän oli Inga eikä että hän oli von. Mutta jalon skottilaisen Johnny Walkerin herkistyttämin silmin Ilmari Lievo näki, että hänen edessään oli naisellinen ihme. Hän tuijotti korallinpunaisiin huuliin, joitten puna oli niin syvää ja verevää, että vain laupias luonto taikka kaikkein ensiluokkaisin maali voivat sellaista aikaansaada. Ja hän häikäistyi hampaitten hohtavasta valkeudesta ja loistavien silmien mittaamattomasta mustuudesta.

Hän kumarsi. Puolittain niin kuin vaatturimestari Lievo, puolittain niin kuin majuri. Se johtui hämmennyksestä, sillä kyllä hän osasi kokonaankin kumartaa kuin majuri, vaikka kuin kenraali. Epäilemättä herra Lievo olisi sotkeutunut divisioonan varmistuksessa taikka tulen ja liikkeen yhtaikaisuuden selittämisessä, mutta seurustellessaan upseerien kanssa kenraaleista reservivänrikkeihin asti oli oppinut militaarisen käytöstavan ja kohteliaisuuden.

75

— Majuri Kannas! Te täällä! Kuinka ihmeellistä.

Inga von Steinin ääni helähti, kuten on tapana sanoa, hopealta. Hän katsoi avoimin silmin Ilmari Lievoa vähääkään peittämättä niitten salaperäistä tulta.

Herra Ilmari Lievo kumarsi toistamiseen. Ihan kuin majuri. Hän olisi nyt puhunutkin, mutta hänellä oli kuin puhevika. On tilanteita, joissa kaivattaisiin kaksitavuisia sanoja, jotka selittäisivät yhtä paljon kuin laveapuheisen asianajajan laatima selitys. Sellaisia sanoja ei ole suomenkielessä, ei ainakaan sellaisia, jotka sopisivat Inga von Steinin kuultaviksi.

Naisen silmät supistuivat äkkiä. Ja sitten soinnahti pieni ja hyvin soma nauru.

— Voi sentään. Kuinka hullua. Majuri ei kai muista minua? Olen Inga von Stein... muistattehan... tapasimme toisemme Pörssissä... karnevaaleissa... sekä vuorineuvos Bergerin kutsuilla...

Hän ojensi pienen, hennon ja valkean käden. Olisi ollut rikollista, olisi ollut barbaarista olla tarttumatta siihen ja sitä puristamatta. Herra Ilmari Lievo ei ollut rikollinen eikä barbaari. Hän tarttui ja puristi. Ja hän kumarsi kolmannen kerran mutisten jotakin, joka oli epäselvempää kuin vanhan huutokauppatoimitsijan puhe.

Hän oli häikäistynyt. Se on anteeksiannettava, sillä Inga von Steiniin olivat häikäistyneet monet muutkin, sellaisetkin, jotka eivät olleet edes niin herkän muserretussa mielentilassa kuin Ilmari Lievo.

* * *

Se ilta pysyy herra Lievon mielessä varmemmin kuin jos muistutus siitä olisi uurrettu vaskipatsaaseen.

Hänet otettiin ylläköllä ja rynnäköllä. Hän ei ehtinyt puolustautua, ei edes ajatella puolustautumista. Ja kuinka vaikeaa on selittää, kun edessä, silmien edessä seisoo viehättävä, valloittava nainen, ja pitäisi kertoa tälle, ettei puku, joka on yllä, ole oma, ja ettei ole, joksi puvun perusteella voi otaksua.

Sellaiseen selitykseen herra Ilmari Lievo ei pystynyt. Ja ollaksemme oikein perusteellinen ja totuutta harrastava, on hänen puolestaan tunnustettava, ettei hän ehkä halunnutkaan. Kun liivintaskussa on kaksi ennenaikaista kultasormusta ja sydämessä (ja itserakkaudessa) kirvelevä oas, silloin viehkeän naisen loistavista silmistä ei luovuta, ei varsinkaan, kun Johnny Walker herkistyttää.

Kävi ilmi — kuten Inga von Stein hopeaheleisellä äänellä selvitti, — että hän ja hänen veljensä, vapaaherra von Stein, olivat täällä kylpylaitoksella virkistymässä ja lepäämässä. Heillä oli asunto kaupungilla ja täällä Seurahuoneella he aterioivat, milloin eivät olleet Kasinolla. Nyt he olivat parhaillaan päivällisellä. He eivät vielä olleet alottaneet. Eikö majuri Kannas osoittaisi heille sitä kun kunniaa, että aterioisi heidän seurassaan?

Mestari Ilmari Lievo kumarsi ja sai tosiaankin sanotuksi, että hän mielellään täyttäisi toivomuksen, joka hänelle oli käsky.

Siten jouduttiin, luontevasti ja vastustamattomasti siihen, että valemajuri Kannas istui yhdessä Inga von Steinin ja hänen veljensä kanssa Seurahuoneen melkein autiossa ruokasalissa. Herra Lievo ei suinkaan tiennyt, mitä hänelle tarjottiin. Hän söi koneellisesti. Hän oli Inga von Steinin lumoissa ja hän toivoi, hiukan epäjohdonmukaisesti, että sormuksen hylkääjätär näkisi hänen ylennyksensä. Mikään ei haavoitetulle itserakkaudelle ole parempaa lääkettä kuin pieni, suloinen kosto.

Epäilemättä nykyisenä demokraattisena aikana vaatturimestarin ja vapaaherran ja -herrattaren erotus on pienentynyt, mutta sittenkin voinee heidän harrastuksissaan olla melkoinen poikkeama. Tämä seikka ei kuitenkaan sanottavasti häirinnyt keskustelua, sillä se solui ihan huomaamatta majurin ammattiasioihin eikä Ilmari Lievo ollut niissä aivan tietämätön. Suoritettu asevelvollisuus ja saavutettu alikersantin arvo antoivat hänelle tukevan pohjan, seurustelu virkapukuja tilaavien upseerien kanssa ja sanomalehtien seuraaminen täydensivät sitä. Ainakin keskustelussa käytettiin runsaanlaisesti ammattisanoja ja sotilastermejä. Niin kauan kuin tämä keskustelu pysyi yleisluontoisena, valemajuri saattoi ottaa siihen osaa, mutta kun vapaaherra, sotilaskysymyksiin erikoisesti kiinnostuneena, koetti viittailla majuri Kannaksen tehtäviin tässä kaupungissa ja hänen virkamatkaansa, tällöin Ilmari Lievo pakostakin osoittautui yhtä ovelaksi kuin itsepintaiseksikin diplomaatiksi, joka ei mitenkään paljastanut tuntemattomia salaisuuksia.

Sensijaan hän, parin punaviinilasin jälkeen, koetti kohdistaa huomionsa vapaaherrattareen ja keskustelu siirtyi ihan toisiin ja herra Lievoa paljon kiinnostavampiin kuin myös vähemmän hermostuttaviin asioihin. Eikä Ilmari Lievo, juuri äsken kärsineenä ratkaisevan tappion toisaalla, olisi voinut saada sanoilleen ja yrityksilleen alttiimpaa ja myötämielisempää kohdetta.

Ilmari Lievo unhoitti sekä sormukset että ne ajatuksetkin, jotka olivat sormuksien ostoon johdattaneet. Hän nautti, nautti asemastaan komeana majurina ja hienon, loistavan naisen suosittuna kavaljeerina.

Päivällisten jälkeen seurasi vapaata seurustelua, sitä vapaampaa, kun vapaaherra von Stein poistui joillekin asioilleen uskoen sisarensa majurin taattuun suojelukseen.

Ne kaksi tuntia, jotka täten kuluivat, olivat unohtumattomat Ilmari Lievolle. Hän keksi itsestään aivan uusia, hämmästyttäviä ja riemastuttavia puolia. Näytellä majuria ei ollut mitään, mutta näytellä kavaljeeria valepuvussa sellaiselle kuin Inga von Stein, se oli jo jotakin.

Ja sitten seurasivat juhannustanssiaiset Kasinolla. Ilmari Lievo tanssi... majurina... vapaaherratar von Steinin kanssa... hän tanssi ja kulki hänen kanssaan puutarhan varjottomilla käytävillä. Ja niin tapahtui sekin, mitä Ilmari Lievo ei ollut aikonut eikä uskaltanut edes ajatella: hän suuteli Ingaa... vain Ingaa... Ellei olisi ollut rikollista niin ajatella, Ilmari Lievo olisi voinut luulla, että juuri Inga suuteli häntä eikä hän Ingaa... aluksi... lopusta hän kyllä huolehti... niin omituisesti kävi...

Johnny Walker, punaviini ja osin valkoviinikin olivat vaikuttaneet sen, että Ilmari Lievo olisi tarjonnut hyljättyä sormusta Ingalle, jos se vain olisi ollut hänen mukanaan. Mutta se ei ollut, se oli siviilipuvun liivin taskussa.

Kesäinen yö kului yli puolen. He siirtyivät vapaaherralliseen asuntoon, joka oli ihastuttavan yksinkertainen ja pieni ja siellä seurustelu jatkui, kunnes Ilmari Lievo, ottamatta huomioon hänen vastalauseitaan, toimitettiin nukkumaan parhaimpaan huoneeseen ja toivotettiin kaikinpuolisesti hauskaa juhannusta.

Ilmari Lievo jäi huoneeseensa. Mutta hän ei nukkunut. Häntä, ei edes nukuttanut. Päinvastoin, häntä alkoi ajatteluttaa. Hän oli tosin hurmaantunut, hän oli tosin suudellut vapaaherratar von Steinia, mutta tosiasiana pysyi, että hänen yllään oli vieras puku ja hänelle omistettiin sekä vieras nimi että vieras arvo. Ilmari Lievolla oli todellisuustajuntaa ja hän käsitti, ettei tämä voinut jatkua.

Hänen oli paettava. Ja mitä pikemmin se tapahtui, sen parempi. Ikkuna oli auki. Alla oli kukkapenkki. Hän napitti takkinsa, hilautui ikkunalaudalle ja hyppäsi. Oli rumaa jättää näin kaikki... mutta selitykset olisivat vain turmelleet asian.

Kadulle tultuaan hän tunnusteli taskuaan. Hotellinhuoneen avain ei ollut siellä. Mutta tietysti hän voisi päästä sisälle... Ja olihan sielläkin ikkuna auki...

Hän kulki nopeasti ja kaihtaen aamuvarhaisia katuja. Oikeastaan häntä väsytti ja silmiä kirveli, mutta kuitenkin hän tunsi itsensä onnelliseksi, tyytyväiseksi ja reippaaksi. Voi, Inga, Inga. Vain juhannussatu. Ilmari Lievo ei uskaltaisi toistamiseen tarjotella kultasormusta.

Hän hiipi pitkin hotellin puutarhan nurmikkoa lähestyen huoneensa ikkunaa. Ja sitten... niin... sitten hän pysähtyi puun taakse ja tuijotti... mutta asia ei tuijottamisesta muuttunut... hänen huoneessaan...pöydän ääressä... istui vapaaherra von Stein, vierellään majuri Perhiön salkku... ja kirjoitteli ja piirusteli jotakin paperille. Hän oli täydellisesti syventynyt työhönsä.

79

Muistokin Johnny Walkerista sekä puna- ja valkoviinistä haihtui Ilmari Lievon päästä. Herra von Stein täällä. Ja tutkimassa majuri Perhiön salkkua. Taivas ... jos entä jos salkussa oli ... oli sotilassalaisuuksia. Ja hän, Ilmari Lievo ... oli oikeastaan syyllinen tähän kaikkeen.

Miten vaatturimestari Ilmari Lievo syöksyi eroittavan välimatkan ja loikkasi ikkunasta, se on hänelle itselleen mysteerio. Joka tapauksessa hän ennätti sisälle ennenkuin von Stein oli ehtinyt edes esille vetää pistooliaan.

Ilmari Lievoa ei milloinkaan oltu ammuttu pistoolilla eikä sillä edes uhattu. Kuitenkin hän tajusi von Steinin liikkeen merkityksen ja hän antoi vapaaherralle nyrkiniskun, joka olisi saanut aikaan hammassäryn Max Baerinkin leukaluissa. Herra von Stein lysähti lattialle huutoa ja mitään muutakaan ääntä päästämättä ja voittajana syöksähti Lievo hänen viereensä.

Herra von Stein oli pyörtynyt. Lievo katsahti pöydälle havaiten, että von Stein oli ollut parhaillaan jäljentämässä jotakin majuri Perhiön papereista.

Ja sitten omatunto, paha ja huono omatunto kolkutti Ilmari Lievon tilapäisesti turtuneen sydämen ovelle taikka ei ehkä kolkuttanutkaan, vaan suorastaan sitä rämisytti. Hämmennyttävän lyhyessä ajassa majuri Kannas-Lievo oli myös ulkonaisesti muuttunut vaatturimestari Lievoksi, nuoremmaksi osakkaaksi toiminimessä A. Vartian Sotilas- ja Sivilipukimo.

Sitten hän ryhtyi ajattelemaan voitettua, maahan lyötyä ihastuksensa siniveristä veljeä. Se oli pulma, jota hän ei äkkikäänteessä voinutkaan selvittää ja mahdollista on, että asian loppuratkaisu olisi ollut toinen, ellei jotakin olisi vieläkin sattunut. Sillä kun Ilmari Lievo, otettuaan talteen sotaisen vapaaherran pistoolin, virvoitteli tätä vedellä ja tarjoilijan kaukonäköisesti huoneeseen tuomalla whiskillä, hän kuuli auton äänen. Hän syöksähti ikkunaan ja havaitsi pääportaitten eteen pysähtyneestä autosta nousevan majurin, epäilemättä pesunkestävän majurin.

Vajaa kymmenen minuuttia myöhemmin majuri Kannas, oikea majuri Kannas, juuri aamuyöjunalla saapuneena, kuunteli ihmeellistä, sekavaa, mutta kiintoisaa tarinaa majurinpuvusta ja vapaaherroista ja -herrattarista. Kertojana oli joku siviilimies, jota tarjoilija kuitenkin puhutteli majuriksi.

Majuri Kannas, insinööri ja upseeri, oli nopea käsittämään ja ripeä toimimaan, mitkä molemmat ominaisuudet kuuluvatkin upseereille, tai joitten ainakin pitäisi kuulua Majuri Kannas nyökkäsi, käväisi puhelimessa ja saattoi palatessaan vakuuttaa, että ne, joitten tehtäviin kuului »vapaaherra von Steinien» toimien seuraileminen, pitäisivät huolen sekä vapaaherran että, ikävä kyllä, myöskin vapaaherrattaren lähimmistä vuosista. Minkä jälkeen sekä entinen että nykyinen majuri Kannas siirtyivät edellisen huoneeseen virkoavaa vapaaherraa vartioimaan ja itseään virkistämään sillä aineella, joka oli antanut oman osansa koko tapahtumasarjan syntymiseen.

Ja majuri Kannas oli sitä mieltä, että nämä rohkeat, vaikkakin taitamattomat vakoojat olivat saaneet sekä epätäydellisiä että harhaanjohtavia tietoja hänen matkastaan ja aikomuksistaan kuin myös luonteenlaadustaan, sillä häneen, majuri Kannakseen, nähden ei Inga von Steinin keinot olisi pystyneet. Tosin häntä mainittiin suureksi naisten ihailijaksi, mutta kaikella oli rajansa ja virkatehtävillä ja viehättävillä naisilla olikin hyvin selvä ja jyrkkä raja. Tähän ei Ilmari Lievo vastannut mitään, mutta hän ajatteli, että majurin oli helppo puhua, koskapa hän ei ollut nähnyt Inga von Steinia.

Oikeastaan tähän ei ole mitään lisättävää. Täydellisyyden vuoksi voidaan kuitenkin mainita, että ne piirustukset ja laskelmat, joita vapaaherra von Stein yritti jäljentää, koskivat majuri Perhiön omistamalle maatilalle rakennettavia AlV-rehun säiliöitä sekä uudenlaista kanalaa, sillä ei tunnollinen majuri unhoita sotilassalaisuuksia sisältävää salkkua edes niinkään varmaan liikkeeseen kuin A. Vartian Sotilas- ja Sivilipukimoon.

Yö

Korkea jalkalamppu loi himmeän ja miellyttävän valon huoneeseen, jonka sisustus ja asettelu kauttaaltaan todisti naisellista makua. Värit olivat pehmeitä ja pastellimaisia, muodot oikukkaan pyöreitä, missään ei näkynyt terävää kulmaa taikka jäykkää viivaa.

— Aika soma pesä! sanoi tohtori Ina Kouvo itsekseen.

Tämä huone oli hänen kotinsa. Vieressä oli yleislääkärin vastaanottohuone ja sen takana kolmas, vanhoin standardihuonekaluin sisustettu odotushuone. Ne kaksi huonetta kuuluivat päivälle ja työlle, tämä pehmeä soppi kuului levolle ja elämälle.

Tohtori Kouvo ajatteli valoisin mielin uutta etappipaikkaansa. Hän nimitti niitä siten. Joitakin vuosia kuluisi tässä ja sitten hän ehkä saisi kootuksi niin paljon varoja, että voisi antautua erikoisopintoihin. Erikoislääkäri — se oli hänen tavoitteensa niinkuin hän sitä nimitti ja hänen kielenkäyttöönsä oli tullut luvattoman paljon sotilastermejä. Hän ei voinut sille mitään. Sisko ja hänen kapteenimiehensä olivat niitä viljelleet alituiseen.

Hänellä oli ollut onnea tänne asettuessaan. Tässä samassa pienessä huoneistossa oli asunut nuori lääkäri, joka oli saanut nimityksen sairaalaan toisessa kaupungissa. Ina joutui siten tavallaan perimään hänen praktiikkansa, hänen osoitteensa ja puhelimensa, niinkuin hänelle olivat ostonkautta periytyneet myös odotushuoneen standardihuonekalut. Hänen osoitteensa olisi tuttu lääkäriosoitteena ja sehän merkitsi paljon.

Tänään hän oli saanut asuntonsa kuntoon. Huomenna tulisi hänelle emännöitsijä ja maanantaina hän alottaisi praktiikkansa, jos nimittäin ketään ilmaantuisi käsiteltäväksi...!

Tohtori Kouvo istahti nojatuoliin. Häntä raukaisi jo. Hän oli työskennellyt koko päivän. Mutta nyt helpotti vihdoinkin ja istuskelu syvässä nojatuolissa, yllä vain kevyt ja lämmin yöpuku, oli todellista lepoa jan autintoa.

Hän kiehauttaisi hetkisen kuluttua teetä, joisi sitä pari kupillista ja laskeutuisi sitten yölevolle.

Puhelin soi vastaanottohuoneessa. Hän säpsähti ja kiirehti toiseen huoneeseen sytyttäen sähkön. Hän vastasi puhelimeen mainiten sen numeron.

— Halloo! Täällä puhutaan Vallikatu 42:sta. On sattunut pienempi loukkautuminen... haava... Voisiko herra tohtori tulla nyt heti! Vamma kaipaa pikaista hoitoa.

Tohtori Kouvo melkein hymyili. Lääkärin työpäivä tai työ-yö oli alkanut. Kysyttiin tietysti hänen edeltäjäänsä, sitä ei voinut auttaa, mutta hyvä niinkin... Ina Kouvo tunsi olevansa innokas. Loukkautuminen! Haava! Sellainen vaatisi tietysti viipymätöntä hoitoa.

— Tohtori tulee kyllä, hän vastasi. — Siis Vallikatu 42. Kenen luona? Herra Elmolan. Ehkä tohtori tilaa auton?

— Kyllä.

Ina Kouvo asetti kuulotorven paikalleen ja soitti uudelleen autoasemalle. Sieltä ei vastattu. Ei vastattu kahdelta muultakaan asemalta. Tohtori vilkaisi kelloon. Se oli vajaa kaksitoista.

Hän pukeutui kiireesti. Oli kyseessä ensimäinen tehtävä itsenäisen praktiikan aikana. Raukeus ja väsymys tuntuivat kadonneen. Vallikadulle ei ollut niin pitkälti, ettei hän voisi kävelläkin. Oli otettava mukaan salkku. Haava — hän muistutteli mieleen kaikki, mitä tarvittiin ja vajaan neljännestunnin kuluttua hän jo laskeutui portaikossa kadulle.

Luoja sentään, hän oli järjestelynsä touhussa kokonaan unohtanut ilman. Se oli kauhea. Koko katu ulvoi ja soi, hurjistunut sade pieksi kiveystä, monet irtautuneet liikekilvet rämisivät ja lyhtyjen valo oli pientä ja himmeää saderyöppyjen takaa tullen. Ja tuuli nuoli märkiä kiviä niin, että tohtorin täyttyi ponnistella kaikin voimin pysyäkseen edes pystyssä.

Tosiaankin, auto olisi ollut tarpeen, ja toiselta puolen oli luultavaa, että juuri tällainen jumalanilma oli nekin karkoittanut asemilta.

Valosta ja lämmöstä tullen vaikutti ulkoinen kylmyys, pimeys ja tuuli tyrmistyttävästi. Viima tunkeutui kaikkien vaatteiden läpi ja sai neiti Kouvon värisemään kylmästä ja sade löi kasvoihin niin rankasti, että teki kipeää.

Mutta ne olivat vain ensimäisiä aistimuksia ja vaikutelmia. Ponnistelu palautti pian lämmön ja myrskyn eloisuus ikäänkuin vaati kamppailuun.

Nuori tohtori ponnisteli eteenpäin näkemättä edes poliisia autioilla kaduilla.

Vallikatu 42, Elmola! Hän muisteli joskus jossakin kuulleensa tuon nimen, mutta ei jaksanut palauttaa mieleensä missä yhteydessä. Puhelimessa kuulunut ääni oli ollut hillitty, rauhallinen miehen ääni. Hän ei tietysti ollut potilas. Ehkä oli kyseessä rouva. Ääni oli tuntunut nuorekkaalta. Ja koska oli puhuttu »herra tohtorista», oli puhuja luullut häntä ehkä tohtorin palvelijattareksi.

Vallikatu 42 oli matala ja pieni kivirakennus, ilmeisesti vanha ja tarkoitettu yhden perheen asunnoksi. Sähkölamppu paloi ulko-oven yläpuolella ja messinkilaattaan oli kaiverrettu: Harry Elmola.

Ina Kouvo soitti. Pari hetkeä myöhemmin avattiin ovi ja hän näki aukosta tulvivassa valossa kalpean, nuorehkon miehen, jonka silmissä oli tuskainen ilme. Se vaihtui pettymystä osoittavaksi hämmästykseksi.

— Olen lääkäri, sanoi Ina tohtori lyhyesti. Mies kumarsi hiukan ja laski hänet ohitseen tilavaan eteiseen sulkien sitten oven.

— Luulin ... aloitti mies, mutta tohtori keskeytti hänet.

— Niin, tohtori Niemi on muuttanut. Olen tullut hänen tilalleen.

He seisoivat valoisassa eteisessä, jonne kantautui ulkoisen myrskyn pauhina. Ina Kouvo tunsi tilanteen käyvän piinalliseksi. Vastaanottaja epäröi. Vihdoin levisi hänen huulilleen heikko hymy, jossa oli aavistuksen verran huoletonta ylimielisyyttä.

— Olkaa hyvä, käykää sisään!

Hän auttoi päällystakin neiti Kouvon yltä hitain ja kömpelöin liikkein ja hänen kalpeutensa kävi yhä vaikuttavammaksi.

— Loukkautunut? kysyi tohtori hiljaa.

Mies naurahti soinnuttomasti. Hän nojasi hattupöytään ja hikikarpaloita kihelmöi hänen otsallaan. Nyt vasta Ina huomasi, että hän oli puettu tummaan, loistavaväriseen pyjamaan.

— Potilas olen minä. Minulla on ampumahaava oikeassa kyljessäni.

Hän avasi oven ja johti tohtorin boheemimaisesti kalustettuun vierashuoneeseen, jonka taulut, tyynyt, leposohvat ja pehmeät matot viittasivat jonkinlaiseen itämaisuuden tavoittelemiseen.

— Suokaa anteeksi, virkahti mies. — Saanko esittäytyä: olen Harry Elmola. Minun täytyy luvallanne käydä pitkälleni. Heikottaa ...

Hän laskeutui leposohvalle varovasti, mutta hänen silmistään ei poistunut heikko ylimielinen ilme.

— Ehkä tarkastaisitte minut, hyvä tohtori! hän kehoitti avaten pyjamatakkinsa. Sen alla näkyi verinen rinta ja kömpelösti asetettu side.

Tohtori Ina Kouvo ei ajatellut tilanteen outoutta eikä arkaluontoisuutta. Kyseessä oli ammattitehtävä. Hän avasi käsisalkkunsa ja kumartui sitten herra Elmolan puoleen alkaen päästellä sidettä irti. Haava paljastui.

Se oli ampumahaava, siitä ei ollut epäilystä ja melko isokaliiberisella aseella aiheutettu. Kuula oli sattunut oikeaan kylkeen, aivan reunaan, lävistäen ruumiin siltä kohtaa ja tullen ulos selkäpuolelta. Verenvuoto oli kai ollut melko runsas, mutta sitä oli koetettu estää pumpulilla ja siteellä.

Tohtori ei kysellyt mitään, hän tarkasti haavan. Miehellä oli ollut erittäin hyvä onni: kuula ei ollut hipaissutkaan kylkiluita. Se oli pelkkä lihashaava, tosin arassa kohdassa.

Vakavin, tottunein sormin Ina Kouvo pesi ja puhdisti haavan sekä asetti lopuksi lujan siteen, joka hänen oli kierrettävä miehen ruumiin ympäri. Potilas ei koko aikana puhunut mitään, mukautui kaikkiin tohtorin viitteisiin ja piti silmänsä suljettuina, ehkä väsymyksestä ja kivusta, ehkä siksi, ettei halunnut katsoa toista silmiin. Vihdoin tohtori auttoi takin miehen ylle ja alkoi koota hoitovälineitä salkkuunsa.

Miehessä oli kuumetta. Se oli aivan varma. Ja hän oli järkytetty, sekin oli selvää, hermot olivat täydellisesti rappiolla. Ina Kouvo tiesi sen, sillä hermojärkytykset — hermot yleensä — nehän olivat se erikoisala, joka oli hänen tavoitteensa.

Harry Elmola kohottautui sohvalleen ja hymyili.

— Kiitos, tohtori! Nyt tuntuu aivan toisenlaiselta. Kaikissa suhteissa.

Hän yritti nauraa, mutta hänen suupielensä nytkähtelivät hermostuneesti ja silmiin ilmestyi hurja, tuskainen kiilto.

— Yritin ampua itseni, hän sanoi hiljaa koettaen saada sanansa välinpitämättömiksi siinä onnistumatta. — Mutta käsi vavahti, ammuin ohi — ja... halusinkin elää.

Tohtori Kouvo istuutui lähimmälle tuolille ja tuijotti mieheen ikäänkuin uskomatta häntä. Nyt hän muisti Elmolan nimen ja muuta, mitä siihen liittyi.

Lyhyesti: rikkaan isän lahjakas ja laiska poika. Omaisuus ja lahjat tuhlattu, jäljiteltyä boheemielämää, rappiota yhä syvemmälle. Hyvin tavallinen tarina.

Ja nyt siis: yritys lopettaa kaikki. Ja sekin yritys epäonnistuu. Ei niinkään paljon sisua, itsepäisyyttä — ja tarmoa.

— Minulla ei ole ketään täällä, sanoi Harry Elmola, olen aivan yksin. Eikä tämäkään ole oikeastaan minun... kaikki kiinnitettyä... velkojat ilmestyvät kai taas aamulla. En jaksanut kestää... en luullut jaksavani. Yritin… ja epäonnistuin. Tahdon sittenkin elää. Minun täytyy saada nyt puhua… jollekin… kelle hyvänsä… Onko haava vaarallinen?

Tohtori Kouvo pudisti päätään.

— Ei, ei ainakaan sinänsä. Mutta en tiedä, liekö siihen ehtinyt päästä likaa. Milloin… milloin se tapahtui?

Harry Elmola silmäsi hajamielisesti ympärilleen.

— En tiedä oikein… ehkä tunti… kaksi tuntia sitten.

— Määrään teille rauhoittavaa lääkettä, virkahti tohtori ja ottaen esille täytekynän ja lehtiön siirtyi pöydän ääreen kirjoittamaan reseptiä.

Harry Elmolalla, kuten niin usein järkytetyillä ihmisillä, tuntui olevan vastustamaton halu puhua ja uskoutua jollekin… ja niin hän puhui nyt nuorelle, hennolle naislääkärille. Hän kertoi ponnistuksistaan noustakseen elämässään, kuvaili yrittelyjään lukea ja suorittaa tutkintoja, jotka nekin olivat jääneet kesken, ja puhui toiveistaan ja pettymyksistään. Hän ei ollut enää paljon kokenut kolmikymmenvuotias mies, vaan hemmoteltu, sairas neljätoistavuotias poika, joka puheli isolle siskolleen.

Tohtori Kouvo kuunteli häntä näennäisesti ilmeettömänä. Hän ei torjunut eikä rohkaissut. Potilaan rauhoittaminen, sekinhän oli osa hoitoa, ja Harry Elmola tuntui rauhoittuvan saadessaan puhua. Hänen tarinansa oli tavallinen ja kaikki, mitä tohtori oli kuullut hänestä, pakoitti uskomaan siihen. Harry Elmola oli menettänyt itseluottamuksensa ja romahdus ei sitten enää ollut vältettävissä.

Sisäisesti kiinnostuneena katseli nuori lääkäri potilaansa nopeita, vaihtelevia ilmeitä, ja häntä olisi hymyilyttänyt.

— Hyvä tohtori, olen uskoutunut teille. Luotan lääkärivalaanne, sanoi Harry Elmola lopuksi.

Tohtori Kouvo nousi. Nyt hän hymyili hieman pilkallisesti.

— Säilytän luottamuksenne. Mutta — ammattikunniani vuoksi olen pakoitettu väittämään, että kaikki se, mitä kerroitte yrityksestänne lopettaa elämänne, se kaikki on valhetta!

— Kuinka? Miten niin? hän kysyi vaivoin.

— Kaikki seikat viittaavat siihen. Ensiksi haavan paikka ja sen suunta. Olette oikeakätinen ettekä pienellä harjoituksellakaan opi ampumaan siten. Teitä on ammuttu vinosti vasemmalta. Ja toiseksi ei haavassa eikä edes puvussanne ole mitään merkkiä siitä, että kuula olisi ammuttu läheltä. Huomasin sen heti. Minulle ei sinänsä asia kuulu. Jos teitä on ammuttu ja te aiotte pitää haavan hyvänänne, on se teidän asianne. Ehkä teillä on ollut itsetuhoaikeita, mutta joka tapauksessa nyt on joku toinen koettanut säästää teiltä sen vaivan.

Hän kumartui ottaakseen lattialta salkun. Noustessaan hän näki edessään miehen epätoivoisen rajun ilmeen ja pistoolin, joka oli suunnattu häntä kohti.

— Keskustelkaamme! virkahti mies tyynesti ja osoitti pistoolillaan tuolia.

Miehen tyyneys oli uhkaavaa. Se oli pelottavampi kuin pistooli. Tohtori Kouvo istuutui.

Harry Elmola kohottautui varovaisesti ja meni pienen sivupöydän luo, jossa oli karahvi ja laseja, kaataen itselleen lasillisen.

— Tiedän, ettei tämä ole hyväksi, hän virkahti, mutta olen jo nauttinut tänä yönä puoli pulloa. Se antaa minulle voimia. Vai niin, te siis keksitte, etten ollutkaan itse itseäni ampunut! Nuo seikat eivät todellakaan johtuneet mieleeni. Sitä pahempi sekä teille että minulle. Mutta olette oikeassa, minua on ammuttu, eikä vain kylkeen. Sain haavan päähänikin ja jalkaan. Voitte hoitaa nekin, koska kerran tiedätte näin paljon.

Hän otti päästään kirjaillun yömyssyn. Vasemmalla puolella, korvan yllä, oli kuula hipaissut päätä jättäen jälkeensä verisen juovan.

— Se melkein tainnutti minut, selitti Elmola, mutta jalkahaava kiusaa enimmin. Hoitakaa, olkaa hyvä!

Tohtori Kouvo totteli. Mies oli tuskin vastuussa teoistaan. Hän oli vaarallisessa, epätoivoisessa mielentilassa. Miksi häntä oli ammuttu? Missä se oli tapahtunut?

Ilmeisesti Elmola ei tiennyt, mitä hänen tuli tehdä. Ja yhtä ilmeistä oli, että hänen ampumisensa oli tapahtunut olosuhteissa, jotka eivät olleet hänelle edullisia.

Jalkahaava vasemmassa pohkeessa oli paha. sillä kuula oli kai koskettanut luuta. Harry Elmola oli tosiaankin tarvinnut paljon kiihoketta kestääkseen kaikki.

Tohtori Kouvo hoiti haavat. Potilas piti kädessään pistoolia. He eivät puhelleet, mutta nuorta naislääkäriä hallitsi kiihkeä ajatus paeta, syöksyä tiehensä, jos hän vain olisi tiennyt, kuinka sellainen kävisi päinsä.

— Minä en kerro tätä, mitä nyt aion, aloitti viimein Elmola, kerskuakseni taikka kiusatakseni teitä, vaan kerron siksi, että näkisitte miten välttämätöntä minun on saada joitakin takeita vaiteliaisuudestanne. Näette edessänne ... taikka toisin: minä olen nähtävästi tänä yönä ampunut miehen kuoliaaksi.

Ina Kouvon naisellinen olemus sävähti. Hänelle oli tehty vaarallinen tunnustus. Tätä hän ei ollut tosiaankaan odottanut. Harry Elmola oli ... oli ... hän ei saanut sanotuksi itselleenkään tuota sanaa.

— En halua olla uskottunne, hän vastasi kiivaasti. — Minun on lähdettävä.

— Ette lähde ja tulette uskotukseni, tahdotte tai ette, vakuutti mies katsoen häneen tiukasti. — Se on ainoa mahdollisuuteni.

Hän kertoi ja Ina Kouvon oli pakko kuunnella.

— Olen elänyt mielettömästi. Sellainen maine minusta käy ja oikea se on monessa suhteessa. Olen tuhlannut varani. Mutta osa niistä on riistetty petoksellakin, niin suuri osa, että jos se minulla olisi nyt tai minä sen saisin, voisin vielä selviytyä elämään. Mielettömyydet ovat nyt auttamattomasti lopussa, mutta viimeinen mielettömyyteni voi koitua lopulliseksi tuhokseni. Osa omaisuuttani on rikollisesti anastettu. Mutta laista ei minulla ole apua. Rikos on liian ovela. Niinpä päätin kuitata rikoksen rikoksella ja anastaa takaisin sen, mitä en muuten saanut. Tänä yönä yritin ... menin sille ovelle, minkä takana voisin kuitata menetykseni ja juuri silloin, kun aioin rikokseen ryhtyä, juuri kun olin ryhtymässä avaamaan ovea, silloin peräydyin ja hätkähdin. Sillä niin mielettömästi kuin olenkin menetellyt en ole tieten tahtoen vielä kertaakaan rikosta tehnyt... ainakaan mitään sellaista rikosta, josta laki rankaisee. Itsekunnioitukseni heräsi myöhään, mutta se heräsi ja minä peräydyin ovelta. Ja silloin minut yllätettiin... se oli vain yövahti... Jos olisin pysähtynyt, jos minut olisi pidätetty, olisi minulta löydetty murtovälineet ja ase. Kunniani olisi ollut mennyttä ja rangaistus varma. Pakenin, mutta paetessani minua ammuttiin ja vain peloittaakseni takaa-ajajaa ammuin minäkin umpimähkään, en kohti... ammuin muutamia kertoja ja kuulin takaa-ajajan huudahtavan, kiroavan ja kaatuvan pitkäkseen... hänen aseensa laukesi vielä maassa ja viimeinen kuula ponnahti kai kivestä jalkaani. Minä pakenin myrskyyn ja pimeään... ihme oli, että kestin ja jaksoin. Tulin tänne kotiini... sidoin haavani ja toivoin, että selviytyisin yksinäni, mutta en lopultakaan uskaltanut ja siksi soitin lääkärille. Te saavuitte ettekä uskoneet kertomustani. Ja nyt olemme tässä. Minulla on tosiaankin huono onni... minä pelastuin rikoksesta viime hetkessä ja jouduin tahtomattani toiseen raskaampaan ja kaameampaan... ja juuri silloin, kun päätös elämäni korjautumisesta oli minussa vakaantunut. Minä... minä olen nyt etsitty murhaaja, en muuta... mutta en halua hautautua maailmasta ja ihmisseurasta... en halua... minä taistelen vapauteni puolesta!

Miehen sanat tulivat nopeina ja kiihkeinä ja lopulta yhä käheämpinä. Itse asiassa Harry Elmolassa oli tahdonvoimaa, juuri sitä, minkä puutteessa hänen elämänsä oli solunut kokonaan väärille raiteille, mutta voi olla, että vain epätoivo oli kyennyt sen herättämään.

Murtoaie — peräytyminen — ja yövahdin tappo! Siinä oli siis hänen yönsä kulku.

Ina Kouvoa värisytti. Hänen itsenäisen praktiikkana ensimäinen yö pysyisi aina hänen muistissaan, tahtoi hän tai ei — jos hän nimittäin selviytyisi tästä seikkailustaan.

90

Mitä mies halusi häneltä? Vaitioloa? Se oli mahdotonta. Lääkärin-vala velvoitti paljoon, mutta ei tällaiseen. Jos Elmolan jäljille päästäi-siin, ei hän, Ina Kouvo, voisi ainakaan kuulusteltaessa vaieta. Eikä sekään merkitsisi mitään. Elmolan ruumiissa olivat selvät todisteet.

Mies näytti ikäänkuin kokoovan voimia ja ajatuksiaan.

— Teiltä ei hyödytä pyytää ja vaatia vaitiololupausta. En uskoisi siihen missään tapauksessa. Jäljellä on siis vain . . .

Hän keskeytti puheensa ja Ina Kouvo koetti turhaan keksiä mah-dollisuuksia, joihin mies oli viitannut.

— Olen äärimmäisessä mielentilassa, tunnusti Elmola. — Minusta ei mikään näytä toivottomammalta kuin vapaus ja elämä. Tietysti eh-kä ajattelette, että mies, joka on juuri ampunut yövahdin välttyäkseen joutumasta epäiltäväksi, voi myös, välttyäkseen joutumasta kiinni täs-tä rikoksesta, uusia sen. Mutta ei, ei, sellaista mahdollisuutta en ota huo-mioon . . . paitsi jos yritätte paeta taikka vastarintaa. Mutta . . . mutta . . .

Hän katsoi nuorehkoa hentoa naista, joka ulkonaisesti melko tyy-nenä istui lähellä häntä. Vihdoin hän nyökkäsi, ikäänkuin olisi päät-tänyt ajatuksensa.

— Yksi keino on. Olen joka tapauksessa sivistynyt mies. Olen ter-vekin . . . näitä haavoja lukuunottamatta. Minulla on vielä elämässä mahdollisuuksia. Polveudun hyvästä suvusta, jolle en tosin ole kunni-aa tuottanut. Tulette vaimokseni. Silloin uskon vaitioloonne, sillä et-te tahtone sekoittaa itseänne sillä tavalla tähän juttuuni.

Vakavin, tuijottavin katsein Ina Kouvo tarkasteli leposohvalla puolittain makaavaa miestä. Hän oli hetken aikaa vuorenvarma siitä, että mies oli menettänyt järkensä. Hänen vaimokseen! Mies houri, Ina ei vastannut mitään.

— Pidän teistä. Ette ole kaunotar, mutta olette älykäs. Ja hyvä myös. Tunsin sen jo käsienne kosketuksesta, kun hoiditte haavojani. Te suostutte ja pelastatte minut ja itsenne.

—En milloinkaan! sanoi Ina Kouvo tyynesti niinkuin olisi kieltä-nyt lapselta jonkin sopimattoman huvituksen.

— Te suostutte! vakuutti mies. — En laske teitä ennen pois. Minä jaksan vielä valvoa. Ajatelkaa asiaa pelkkänä muotoseikkana vain. Julkaisemme kihlauksemme aamulla... kutsutan tänne muutamia tuttaviani. Se on kyllä eksentristä, mutta sellainenhan sopii minulle. Ja silloin ette ilmianna minua... ette puhu mitään ... Teillä on aikaa ajatella aamuun... Mutta ette saa liikkua luvattani... Minä kyllä valvon...

* * *

Ulkona pauhasi myrsky. Puhelin oli eteisessä. Harry Elmola jaksoi valvoa. Hänen silmäluomensa olivat kyllä kiinni, mutta ne värähtelivät tavalla, josta tiesi hänen valvovan tai olevan herkässä horroksessa. Pistoolia pitävä käsi lepäsi sohvalla.

Tunnit kuluivat. Ina Kouvo tuskin tajusi ajan vaihtumista. Hän ei jaksanut ajatella selvästi. Muotoavioliitto! Ei, sellainen oli aivan järjetöntä... se oli mahdotonta ja häpäisevää... ja lisäksi: verityön salaamiseksi!

Hän ei voinut olla katselematta miestä. Joskus... toisissa oloissa, toisenlaisen tilanteen vallitessa... ja jos Harry Elmola olisi ollut muuta kuin oli... niin, sellaisen asian ajatteleminen ei silloin ehkä olisi ollut mielettömyyttä. Ja hänessä oli tahdonvoimaa... Ina Kouvo tunsi, että mies joko pian sortuisi kokonaan taikka hän ponnistautuisi vielä pitkälle. Hänessä oli ainesta kumpaankin...!

Kalpea aamuhämärä tunkeutui huoneeseen laskettujen verhojen lomitse. Ina Kouvo tunsi ruumiinsa kuolettavan puutuneeksi.

Samassa jokin kolahti eteisessä.

Harry Elmola kohottautui pystyyn

— Sanomalehti! hän sanoi ja laahusti eteiseen.

Hänen silmänsä paloivat kuumeisina, mutta hän avasi lehden rauhallisesti. Hänen katseensa kulki sivuja ja palstoja seuraillen. Vihdoin hän nyökkäsi.

— Pyydän anteeksi, hyvä tohtori Olin hermostunut yöllä. Voitte nyt mennä... vapaasti! Ehkä tarkastatte siteeni uudelleen. Minulla oli sittenkin onnea... ensi kerran pitkiin, pitkiin aikoihin...

Hän ojensi sanomalehden osoittaen sormellaan pientä uutista.

Tohtori Kouvo luki. Siinä mainittiin vain, että erään teollisuuslaitoksen yövahti oli myöhään illalla yllättänyt jonkun hämäräperäisissä aikeissa liikuskelevan miehen laitoksen konttorin luota. Mies oli lähtenyt pakoon eikä pysähtynyt yövahdin vaatimuksesta huolimatta, vaan ampui tätä, jolloin yövahti vastasi tuleen kompastuen kuitenkin liukkaalla kiveyksellä. Hiiviskelijä pääsi myrskyn suojassa pakoon jättämättä mitään jälkiä.

— Vahti valehtelee. Hän ampui ensin.

Ina Kouvo uskoi.

* * *

— Erehdyin sittenkin, sanoi tunnettu erikoislääkäri Ina Kouvo itsekseen kymmenen vuotta myöhemmin. — Ei hänestä sittenkään ollut suureen.

Hän oli juuri lukenut uutisen, jonka mukaan Harry Olavi Elmola oli nimitetty vähäiseen, vaatimattomaan virkaan.

Tohtori huokasi hiljaa. Tuo yö oli hänen harmaan praktiikkansa ensimäinen ja ainoa todellisesti jännittävä ja romanttinen yö.

Opetus

Tuulikki piti vakavasti perää ja mietti pienen, tiukan hymyn somistaessa hänen kasvojaan. Merenselkä oli autio ja kohtalaisen tyyni ja perämoottori jyskytti unettavan tasaisesti ja varmasti.

Tuulikki oli menossa elämänsä suurimpaan ja hupsuimpaan seikkailuun, opettamaan neljää miestä, ikäänkuin miehiä, noita suuria, karkeita ja tyhmiä olentoja voisi mitenkään opettaa, saada heidät tajuamaan todellisia, järkeviä asioita. Mutta Tuulikki uhmasi ja yritti. Kotona sanottiin häntä Vihuriksi ja Tuulenpuuskaksi, ja kuitenkin, lopultakin hän oli enemmän tasainen, sitkeä ja varma purjetuuli.

Hän mietti ja muisteli. Hymy syveni. Alku oli mennyt helposti. Isän Ja Kalle-veljen pistooleissa oli ruudittomat panokset. Se oli käynyt hyvin näppärästi, mutta se olikin luonnollista. Osasihan hän käsitellä ampuma-aseita aina raskaasta hyljepyssystä lähtien. Ja niin hän oli kärsivällisesti irroittanut pistooliammusten luodit, kaatanut ruudin pois, kiinnittänyt luodit paikoilleen ja täyttänyt isän ja Kallen pistoolit ja ammuskotelot näillä vaarattomilla panoksilla.

Suurempaa vaivaa oli tuottanut Kustaan ja tämän sedän pistoolien käsittely, mutta sekin oli lopulta onnistunut. Hän oli ollut viekas. Se ei ollut kaunista, mutta oli välttämätöntä. Sillä hänellähän oli kyseessä koko elämä ja elämän onni. Miehet olivat tyhmiä ja itsepäisiä. Heitä oli opetettava.

Isä ja Kalle olivat salakuljettajia. Sen hän tiesi, tiesi yhtä varmasti kuin kyläläiset ja tullimiehet ja hän uskalsi sen sanoakin, jota kyläläiset ja tullimiehet tarkasti varoivat tekemästä. Sillä isää ja Kallea ei vielä kertaakaan oltu yllätetty. Heillä oli ilmiömäinen onni ja he olivat rohkeita ja ovelia. Hän oli syyttänyt, mutta isä ja Kalle olivat kieltäneet ja olivat nauraneet hänelle ja käskeneet hänen hoitaa omat asiansa.

No niin, hän alkoikin hoitaa. Mutta isän ja Kallen asiat olivat myös hänen asioitaan ja nekin tulisivat hoidetuiksi.

Ja Kustaa oli tullimies ja hänen sulhasensa. Tuulikki ei pitänyt tullimiehistä, mutta hän piti Kustaasta, vaikkapa tämä olisi ollut verkonpaikkaaja.

Ja siksi hänen asemansa oli vaikea. Isä ja Kalle eivät luopuneet puuhistaan hänen takiaan. Hänen oli ilkeä olla Kustaan kanssa, vaikka toiselta puolen hän ei Kustaalta suvainnut viittaustakaan isän ja veljen ammattiin. Mutta hän pelkäsi ja odotti sitä hetkeä, jolloin isä ja Kalle joutuisivat Kustaan ja tämän sedän, Matti Mannosen käsiin ja tuomittaisiin. Se olisi kaiken loppu. Hän ei voisi mennä Kustaalle, joka toimittaisi isän ja Kallen vankilaan, eikä hän voisi antaa anteeksi isälle ja Kallelle, jotka turmelisivat hänen onnensa. Ah, maailmassa oli vaikea elää tytön, jolla isä oli salakuljettaja ja sulhanen tullimies. Hän ei sietänyt kumpiakaan. Miksi ei voitu kalastaa? Ja viljellä maata? Ja purjehtia merta?

Mutta hän ei aikonut taistelutta luopua onnestaan, ei, se olisi liian raukkamaista. Mutta hän saisi taistella yksin, yksin neljää miestä vastaan ja opettaa heitä, noita suuria ja tyhmiä olioita, jotka tallasivat nuoren tytön onnen ja elämän jalkojensa alle.

Surullisena Tuulikki ei jaksanut pysyä kauankaan. Hänen kasvonsa kirkastuivat, kun hän muisti muutaman laulunsäveleen. Silittäen tuuheita, syksyisen meriruohon kaltaisia hiuksiaan hän heittäytyi nojaamaan perälautaa vastaan ja alkoi laulaa. Merensiniset silmät saivat uneksivan loisteen, mutta laiha, suonikas ja jäntevä käsi piti herpautumatta perää. Pieni vene kiiti tasaisesti aalloilla hypellen yli merenselän lähimpiä ulkosaaria kohti. Aurinko alkoi tehdä jo laskuaan ja sen säteet kultasivat laineet, veneen ja tytön, joka varmana ja uskaliaana kulki elämänsä suurinta seikkailua kohti.

Kirkas tytönääni kaikui yli vesien lokkien kirmaillessa veneen seutuvilla.

Rantaan saavuttuaan Tuulikki irroitti moottorin nostaen sen veneeseen. Veneen hän veti kahden suuren kiven väliin, jonne myrsky oli ajanut valtavat kasat kuivia kaisloja. Tyttö peitti veneen huolellisesti kaisloilla.

— Ei keksi Kustu eikä keksi isä, hän totesi tyytyväisenä puoliääneen itsekseen lähtien kapuamaan saarelle.

Saaria oli oikeastaan kaksi, mutta niiden välinen salmi oli niin karikas ja matala, että saarelta toiselle pääsi kuivin jaloin joka aikana. Tuulikki pysytteli pienemmällä saarella tähystellen sen tuulten tuivertanein mäntyjen ja harvalehtisten leppien lomasta mantereelle päin. Aurinko laski juuri ja läntinen taivas oli kuin tulta ja verta. Tuulikkia värisytti. Räikeät värit vaikuttivat häneen enteellisesti. Mutta ei, ei ... pistoolithan olivat vaarattomat ...

Odotus ei hermostuttanut Tuulikkia. Eikä hänen ollut kylmäkään. Hän ei voinut väsyä ihailemaan tummuvaa merta, sen sanoin selittämättömiä värivivahduksia ja yhdistelmiä, jotka syntyivät ja katosivat ... Sitten, näkemättä vielä mitään, hän tasaisesti, vaikkakin melko kiinteästi puhaltavasta tuulesta huolimatta kuuli jostakin kaukaa moottorin tasaisen, nopean jyskeen. Se lähestyi saarta.

Liikkumattomana hievahtamatta tyttö seisoi männynrunkoon nojaten koko huomiokykynsä keskittyneenä silmiin ja korviin. Jyske läheni ja voimistui. Ei ollut epäilemistä, se lähestyi saarta ja tihenevästä hämärästä eroittui äkkiä isohko tumma esine, joka liukui, kuten tytöstä tuntui, suoraan häntä kohti. Minuutin, parin minuutin kuluttua tyttö oli varma asiastaan.

Kustaa ja hänen setänsä lähestyivät saarta tullimoottorilla. Hän tunsi jo veneen ja enemmän arvasi kuin näki miehetkin. Heitä oli kaksi. Matti Mannonen piti perää ja Kustaa tähysti keulassa.

Hyvä, hänen sanomansa oli siis saapunut perille. Kiertoteitse hän oli ilmoittanut tullimiehille, että tänä yönä saapuisi tälle saarelle suurempi lasti salakuljetustavaraa. Niin, ja se epäilemättä saapuisikin. Hänen isänsä ja Kalle sen toisivat. He olettivat, että tullimiehet olisivat toisaalla niinkuin heidän olisi pitänyt olla ja niinkuin he olisivat olleetkin ilman hänen ilmoitustaan. Nyt isä ja Kalle joutuisivat tullimiesten käsiin... niin, niin, mutta siinä oli vielä paljon muutakin... hänen aikomuksensa ei ollut niin yksinkertainen. Hänen suunnitelmansa oli vaikea ja monimutkainen, se voisi epäonnistua, mutta se voisi onnistuakin... Hän olisi hyvin taitava, hyvin viekas ja hyvin rohkea. Niin, niin, rohkea hän oli, sen tiesivät sekä isä että Kalle ja Kustaakin. Hän ei pelännyt merta eikä myrskyä, ei pyssyjä eikä miehiä ainoastaan pahoja sanoja. Niitä hän epäilemättä saisi kuulla, mutta hänen olisi kestettävä nekin.

Tullivene laski rantaan vain parinkymmenen metrin päässä siitä paikasta, jonne Tuulikki oli kätkenyt oman veneensä. Ajatella, miten vähällä kaikki olisi voinut turmeltua! Mutta nyt, nyt sujui kaikki mukavammin kuin olisi voinut odottaakaan.

Tuulikki tunsi tulijat nyt varmasti. Hän näki Kustaan pitkän, jäntevän vartalon ja Matti Mannosen tukevan, pyöreähkön olemuksen. Tullimiehet ohjasivat veneen suurten rantakivien suojaan, kiinnittivät sen lujasti ja ryhtyivät samaan varokeinoon kuin Tuulikkikin, peittivät veneen kuivilla kaisloilla, jos kohta ei läheskään yhtä huolellisesti. Sitten he lähtivät kulkemaan rantaa pitkin, sivuuttivat ylemmäksi noustuaan tytön muutaman kymmenen metrin päässä ja harppailivat ennenpitkää karikkaan salmen yli toiselle, isolle saarelle. He eivät olleet vielä puolivälissäkään salmea kun Tuulikki jo lähti liikkeelle piilopaikastaan, laskeutui rantaan ja vedessä kahlaten työnsi oman veneensä kaislapeiton alta vesille. Hän ei kiinnittänyt moottoria, hän turvautui airoihin ja pian hän oli kätketyn tullimoottorin luona. Työntäen kaislat syrjään hän irroitti veneen kiinnityksestä, sitoi sen oman veneensä perään ja lähti hitaasti, mutta varmasti soutamaan ulapalle hinaten tullimoottoria perässään. Hän toimi järkky-mättömän rauhallisesti, mutta nopeasti, hän ei tuntenut pelkoa eikä jännitystä, mutta päästyään satakunnan metrin päähän saaresta hä-nen rinnastaan sittenkin puhkesi syvä, helpoittava huokaus. Ajatella, hän oli sittenkin onnistunut tähän saakka! Hän oli napannut kahdel-ta suurelta mieheltä heidän veneensä melkein heidän nenänsä edestä!

Tuulikki oli kaikki suunnitellut valmiiksi. Hän kiersi pienen saaren ympäri ja souti ulommaksi merelle, jossa noin puolen kilometrin pääs-sä oli kääpiösaari, luoto, jolla kuitenkin kasvoi parikymmentä puuta-kin. Suojanpuoleiselle rannalle hän ankkuroi tullimoottorin lujasti ja huolellisesti kiinnittäen sen lisäksi pitkällä köydellä rantaankin. Hän tiesi, etteivät tullimiehet olleet voineet kuulla eikä nähdä mitään, mutta sittenkin hän souti hyvin hiljaa ja varovaisesti takaisin entiselle saarelle, kätki veneensä uudelleen ja ryhtyi jälleen odottamaan.

Isä ja veli eivät tulisi ennen yötä, sen hän tiesi. Hän oli lapsena kuullut tarpeeksi kertomuksia heidän vaarallisen ammattinsa alalta.

Tuuli tuntui yltyvän. Mereltä tuli hienoa, kosteaa usvaa ja pian al-koi sataa. Tuulikki seisoi rannalla suuren kiven suojapuolella ja kietoi sadetakin tiukemmin ympärilleen. Hän hengitti täydesti meren kos-teaa, suolaista ilmaa, hänen ruumiinsa oli seikkailun jännityksen her-kässä vireessä ja taas hän keskitti kaiken voimansa näköön ja kuuloon.

* * *

Kun Tuomas Lakari kuuli vierestään karskin komennuksen nostaa kädet ylös, hän tunsi kipeästi olevansa vanha. Hän oli salakuljettaja, sekä halusta että hyödystä, mutta hän oli harjoittanut salakuljetusta harvoin ja silloin suuresti ja perinpohjaisesti. Hän oli ollut varovai-nen ja koko toimintansa ajan hän oli säilynyt kiinnijoutumiselta. Hän tunsi ja aavisti komennuksen kuullessaan, että tämä oli kai hänen vii-meinen retkensä, kävi miten kävikin.

Silti hän ei aikonut silmänräpäyksenkään vertaa antautua. Hän ei pelännyt. Ketterästi kuin nuorempikin mies hän heittäytyi syrjään kirkkaasta valosuihkusta ja syöksyi puitten sekaan heittäen kantamansa taakan maahan. Hän kuuli takanaan toisen komennuksen, tajusi, että Kalle oli hänen vierellään, kuuli heikon laukauksentapaisen äänen ja karkean kirouksen. Hän pyyhältäytyi rinnettä alas, takaisin rantaan ja veneelle, ja juostessaan hän ja Kalle vetivät esille pistoolinsa ja laukaisivat. Mutta nallit vain paukahtivat, pistoolit eivät lauenneet, eivät lauenneet pelotukseksi takaa-ajajille. Ähkäisten harmista miehet virittivät aseensa uudelleen, mutta toinen laukaus oli yhtä tehoton. Eivätkä takaa-ajajatkaan ampuneet, he kuulivat vain muutamia napsahduksia ja yhden miesäänen kiroilun pilkkosen pimeässä. Tuomas Lakari tunsi saaren, samoin Kalle ja vauhtia vähentämättä he syöksyivät rantaan, kalliotasanteelle, jonka reunalle, syvään veteen, he olivat jättäneet moottorinsa. Tuomaan kädet tapasivat kiveä, johon vene oli kiinnitetty, hän löysi nuoran... mutta karjahtaen raivosta hän totesi, ettei köyden toisessa päässä ollut mitään... Vene oli poissa!

Vene oli poissa, vene, jonka he viisi minuuttia sitten olivat siihen jättäneet!

He molemmat olivat niin avuttoman hämmästyneitä, etteivät tehneet liikettä paetakseen taikka asettuakseen vastarintaan, kun hetken kuluttua kahden voimakkaan sähkölampun valokeilat sattuivat heihin ja jälleen komennettiin kädet ylös. He eivät totelleet, jolloin valojen takaa hyökkäsi kaksi miestä, jotka löivät aseet heidän käsistään.

— Ahaa! Lakari poikineen! Vihdoinkin!

Ääni oli tyynen riemuitseva. Tuomas Lakari tunsi sen. He olivat joutuneet siis Matti Mannosen käsiin. Mutta heidän yllättäjänsä ääni sai äkkiä toisen sävyn kun valokeilat olivat liikkuneet pitkin kalliorantaa.

— Vene? Moottori? Missä on moottori? Mannonen ähkäsi.

Tuomas Lakari nauroi äkkiä. Hän tajusi tilanteen ja sopeutui siihen nopeasti.

— Venekö? Mikä vene?

Viiden minuutin tarkastelun jälkeen tullimiehet käsittivät tehneensä tyhmyyden. Heidän olisi pitänyt yllättää miehet heti, kun vene oli saapunut rantaan. Mutta he olivat tahtoneet ensin löytää salakuljettajien kätköpaikan. Sillä aikaa vene oli kadonnut. Mutta miten? Kenen toimesta? He olivat varmasti todenneet, että tulijoita oli ollut kaksi. Ja salakuljettajat olivat itsekin ymmällä. Ja vene oli ollut kiinnitetty.

Mutta asiaa ei nyt voinut auttaa. Oli pimeä ja satoi. Miehet oli kuitenkin saatu. Tullimiehet komensivat salakuljettajat mukaansa. Heillähän oli oma moottorinsa.

Puolen tunnin kuluttua pikkusaaren rannalla kajahtanut kirous oli jo toista ja jykevämpää laatua.

Tullimoottori oli poissa! Selvästi ja auttamattomasti poissa. Niin tullimiehet kuin salakuljettajat olivat nyt autioilla saarilla, pilkkopimeässä ja sateessa, eikä heillä ollut minkäänlaisia mahdollisuuksia päästä lähtemään mantereelle.

Yrmeinä ja vähäpuheisina istui neljä miestä pikkusaaren mäntyjen juurella, sateessa, tuulessa ja pimeässä. Tupakkaa oli kaikilla, mutta muutapa ei ollutkaan, ei mitään juotavaa eikä syötävää. Ja kummassakin moottorissa oli ollut evästä, oli ollut lämmintä kahvia termospulloissa ... Mutta veneet olivat kadonneet.

Nolous, harmi ja kiukku täytti miesten mielet, mutta ennenkaikkea nolous. Eiväthän he olleet enää mitään poikasia. Miten he saattoivat menettää veneensä?

Puhelu oli aluksi pistävää, kylmää ja harvaa, mutta parempi oli sittenkin puhua. Ja tunnettiinhan toisensa. Eipä niin, että se olisi ilahduttanut. Kaikkein vähimmin ilahdutti se Kustaa Mannosta. Hän ajatteli Tuulikkia, tyttöään, ja tämän surua ja suuttumusta! Mutta kun oli virka ja velvollisuus!

Ja Tuomas Lakaria nolotti myös. Ajatella nyt, vanha mies jo ja joutuisi tuollaisen keltanokan kuin Kustaa Mannosen talutettavaksi. Kertoivat kylillä vielä sitäkin, jotta Tuulikilla ja tällä... mutta sehän tietenkin oli puhetta vain...

Matti Mannosta hermostutti tullimoottorin kohtalo. Joko tuli virkavirhe?

Kalle Lakari ei ajatellut mitään. Hän oli ainoa, joka vaipui uneen toisten haastellessa hiljaa, ei vihassa jos ei sovussakaan.

Miehet odottivat päivänkoittoa.

Aikanaan sitten päivä nousi, nousi sateen tauotessa ja tuulen hiljentyessä eikä se vielä ollut kovinkaan korkealla, kun miehet istuinpaikaltaan eroittivat jotakin... jotakin... ihmeellistä. Merenluodon äärellä, puolen kilometrin päässä, he näkivät kolmen veneen epämääräiset piirteet.

Matti Mannonen nousi epäröiden. Hänen merihaukansilmänsä terästyivät.

— Moottorit... hän jupisi, — moottorit... ovat tuolla... molemmat ja vielä kolmas... Ne... ne on ankkuroitu! Lempo! Mikä ne sinne vei?

Muuan, kolmas vene, lähti niistä liikkeelle. Tuulen tuomana kantautui rätisevä ääni heidän korviinsa: perämoottori. Ja kirkastuvalta ulapalta kaarsi vene saaren rannan suuntaan. Perässä istui pieni, sadetakkinen olento, päässään öljykangaslakki.

— Nainen! huudahti Tuomas Lakari.

— Tuulikki! Kustaa mutisi puoliääneen veren karahtaessa hänen kasvoilleen. Ja suuret, tyhmät ja itsepäiset miehet tajusivat, ettei heidän seikkailunsa ollut vielä lopussa, että lähestyvä nainen, tai tyttö, sanoisi jotain, tekisi jotain, pakottaisi johonkin... selvittäisi yölliset arvoitukset...

Moottori pysähtyi muutaman kymmenen metrin päässä rannasta.

— Hyvää huomenta! kuului veneestä levollisesti. — No, joko olette saaneet tarpeeksi? Hauska yö, vai?

Hänen äänessään oli hiukan pilkkaa, vain hiukan, mutta se pisti.

Miehet puristivat tehottomia aseitaan, ei siksi, että ainoakaan olisi ampunut, vaikka ne olisivat olleet kunnossakin, vaan vaistomaisesti. Kukaan ei vastannut.

— Mitäs aiotte tehdä? Tuulikki tiedusti. — Maistuisiko kahvi?

Miesten oli mahdoton puhua. Heidän olisi pitänyt kirota, mutta he eivät kiroa tytölle. Mihin tyttö oikein pyrki?

— No, isä, joko tuli retkien loppu? Kiinni vai?

Tuomas Lakari häpesi oman tyttärensä edessä.

— Loppu tuli, hän myönsi jäykästi. — Tämä oli viimeinen retki, minun ja Kallen osalta.

Tyttö hypähti seisomaan niin että pieni vene huojui.

— Niinkö? Todellako?

— Niin.

— No entäs mitä aiot, Kustaa? Ja te, Mannonen? Viettekö vangit mantereelle?

Matti Mannonen tunsi itsensä naurettavaksi. Tuo tyttönenkö oli pitänyt häntä pilanaan? Hänelle naurettaisiin.

— Vene olisi parasta tuoda takaisin, hän sanoi kuitenkin jyrkästi.

— Tuskin. Löysin sen ajelehtimasta. Tuulikki ilmoitti häpeämättä. — En viitsi raahata sitä edestakaisin. Tuolla se on, sopivan uintimatkan päässä. Niin, ellei ... hänen äänensä kuulosti houkuttelevalta, ellei tehdä niin ... kuin ei viime yönä olisi sattunut mitään ...

Tämä oli kiristystä, epäilemättä. Mutta vanha tullimies ei halua joutua pilkattavaksi.

— Entäs toinen vene? Ja lasti?

— Se ... se upotetaan meren syvyyteen, tyttö sanoi vakavasti. — Kelpaako? Sana vain vakuudeksi.

Hän odotti veneessään. Miehet rannalla olivat vaiti. Asema oli nolo Ja, tytön ehdottama ratkaisu oli järkevä, vaikka alentava.

— Tuo se vene tänne, Matti Mannonen jyrähti ja kääntyi toisaalle ... Tyttö oli voittanut elämänsä suurimman seikkailun.

* * *

Puolen tunnin kuluttua keitettiin pikkusaarella kahvia. Ja syötiin. Tullimoottori oli rannassa, samoin perämoottori. Kolmas moottori-vene oli kadonnut. Se oli uponnut lasteineen, lukuunottamatta eväitä ja vaatteita.

Viisi henkeä joi kahvia, neljä suurta, karkeaa ja tyhmää miestä ja viides oli nainen, tyttö vielä, kaunis ja valvomisesta kalpea.

Kustaa kumartui hänen puoleensa.

— Minä rupean kalastajaksi, hän kuiskasi hiljaa.

Tyttö silitti pienellä, jäntevällä ja sirolla kädellään hänen kättään, silitti julkisesti ja häpeämättä.

Hän oli hyvin, hyvin tyytyväinen ja onnellinen . . . ja äärettömän mittaamattoman väsynyt . . .

Lääkärin seikkailu

Pehmeää, tiheää nurmikkoa pitkin astellen lääkäri melkein äänettömästi sivuutti köynnösmajan nähden vilahdukselta kauniit, vahankalpeat naisen kasvot. Otsalla, taaksepäin pään yli heitettynä naisella oli musta hunnuntapainen vaate. Nainen ei ollut huomannut häntä.

Lääkäri käveli pääovelle, nousi muutamat askelet ja soitti kelloa. Soittoa seurasi syvä, täydellinen äänettömyys. Hän soitti toistamiseen ja samalla tuloksella. Ilmeisesti ei ketään ollut kotona. Hän pahoitteli, ettei ajasta oltu sovittu, ja laskeutui verkkaan puutarhaan takaisin.

Syysilta oli kaunis, vaikka, synkkä ja tunnelma oli sitäkin painostavampi rehevässä, mutta rappeutuneessa ja hoidottomassa puutarhassa, jonka keskellä tummasävyinen, moni-ikkunainen huvila vaikutti kolkolta, hyljätyltä linnalta. Lääkäri asteli melkein umpeennurmettunutta hiekkapolkua pitkin. Silloin hän kuuli liikettä köynnösmajasta. lehtien kahinaa ja seuraavassa hetkessä hänen ohitseen vilahti mustapukuinen nainen, kasvoillaan tiheä, musta huntu. Se oli hänen äsken näkemänsä kaunis, kalpea nainen. Lääkäri pysähtyi, odotellen vaistomaisesti, että häntä puhuteltaisiin, mutta nainen kiiruhti hänen ohitseen sanaakaan sanomatta. Naisen, vaikka kauniinkin, käytös tuntui lääkäristä omituiselta ja ainakin epäkohteliaalta. Hän kumarsi kevyesti.

— Anteeksi, olen lääkäri, tohtori Auer. Minut on kutsuttu tänne?

Hänen sävynsä oli kohteliaan kysyvä. Nainen pysähtyi epäröiden.

— Ah, niinkö! Tohtori Auer! Tohtori Kuortti...

— Olen hänen sijaisensa, lääkäri kiiruhti täydentämään.

— Niinkö!

Naisen ääni ilmaisi jonkinlaista ilahtumista, ikäänkuin heikkoa toivoa, hänen liikkeensä olivat epäröivät ja arat, hän katsoi ympärilleen ...

— Äiti ... niin, rouva Sarpio ... on luultavasti asemalla ... yhdessä Albertin ... lankoni ... kanssa. Luultavasti on kysymys palvelijattarestamme ... en tiedä ... Oliko ovi suljettu?

— Kyllä.

Lääkärin ihmettely kasvoi. Nainen puhui sanan kerrallaan. Hänen sävynsä oli hermostunut ja arka. Hän ei ilmeisesti tiennyt, mitä hänen olisi tullut tehdä.

— Odottakaa ... olkaa hyvä ... niin, tai tulkaa tämän sivuoven kautta. Se johtaa huoneitteni läpi.

Lääkäri kumarsi ja seurasi nuorta naista, joka kiiruhti sivuovelle ja siitä sisään. He tulivat hämärään niukasti kalustettuun huoneeseen, jossa oli vain, pari nojatuolia, pöytä ja kirjahyllyjä. Oliko se nuoren naisen kirjasto? Ja sitten he kulkivat, nainen melkein juosten, toisen huoneen läpi, joka varmasti oli hänen makuuhuoneensa. Jokin ... jokin selittämätön tuossa niinikään hämärässä huoneessa teki lääkäriin oudon vaikutuksen ... mikään makuuhuone ei ollut häneen sellaista tehnyt, mutta hän ei ehtinyt eritellä vaikutelmiaan ennenkuin he jo saapuivat halliin, jossa nainen pyysi lääkäriä odottamaan vakuuttaen rouva Sarpion pian tulevan.

Lääkäri istahti nojatuoliin naisen livahdettua heti takaisin omiin huoneisiinsa. Ja lääkäri tunnusti itselleen avoimesti, ettei hän tästä talosta ja talon järjestyksestä pitänyt, että häntä kiusasi hiljaisuus, puutarhan synkkyys ja talon sekä sisäpuolinen että ulkonainen kolkkous, tämä kaikki johtuen seikoista, jotka terveellä järjellä arvostellen olivat naurettavia.

Ja kuka oli tuo kaunis, nuori nainen? Ja miksi hän piti huntua soreitten kasvojensa suojana? Hän oli mustissa. Oliko hänellä surua?

Niin, hän oli maininnut jotakin äidistään ... matta maininnut hänet myös rouvaksi ... oli viitannut lankoonsa, mutta ei maininnut miestään. Ja sairaana oli palvelijatar ... Hm, vastaanotto oli kolkko ja epäkohtelias, mutta pitäjänlääkärin oli tyytyminen siihen mikä hänen osakseen osui, sijaisen varsinkin.

Ja tohtori Auer sytytti savukkeen ja koetti syventyä hallin synkkiin tapetteihin. Hän istui täten ehkä kymmenen minuuttia, mikä oli pitkä aika nuorelle ja vilkkaalle lääkärille, kun hän kuuli ovea takanaan avattavan. Hän käänsi päätään ja näki äskeisen nuoren naisen seisovan melkein kynnyksellä. Hänellä oli yhäkin huntu kasvoillaan eikä arkuus ja epäröinti ollut yhtään vähentynyt hänen käytöksestään.

Tohtori nousi nopeasti ylös. Nainen lähestyi häntä, niin hänestä tuntui, kuin apua anoen.

— Eikö nykyisin ... viime aikoina ole mahdollisesti keksitty jotakin keinoa ... haavanarpien parantamiseksi? nuori nainen tiedusti hiljaisella, tuskaisella äänellä.

— Haavanarpien? lääkäri vuorostaan kysyi kummastuneena. Kysymys oli oudon ylimalkainen. — Minkälaisten arpien?

— Rumentavien ... rumien kasvonarpien, nainen ilmoitti hiljaa ja katkonaisesti.

Lääkäri mietti hetkisen. Hän ei vieläkään tajunnut kysymyksen pohjimmaista tarkoitusta. Mutta hän oli ammattimies ja hänen oli vastattava.

— En osaa sanoa oikeastaan, mitään teidän kysymykseenne. Se on liian ylimalkainen. Minun pitäisi tietää tarkemmin ja nähdä arvet. Toisia arpia voidaan lieventää, toisia ei, tuskin mitään parantaa. Mutta en voi sanoa mitään ellen näe.

— Ei, ei, en näytä, nainen parahti tuskaisesti ja kääntyen kiiruhti huoneeseensa jättäen lääkärin jälleen yksin.

Kasvonarvet! Kenen kasvonarvet? Ei ainakaan naisen itsensä, sillä olihan hän nähnyt naisen kauniit, vaikka kalpeat kasvot puutarhassa.

Niin, hän oli tosin nähnyt ne jonkun matkan päästä, mutta sittenkin. Ja kuitenkin... naineinhan piti huntua, tiheää huntua! Ihmeellistä, tämä oli todellakin ihmeellistä! Päätään pudistaen lääkäri istuutui.

Oliko nainen... mahdollisesti... hermostunut, ellei pahempaakin, hiukan omituinen? Luulotteliko nainen? Joka tapauksessa kysymys koski häneen läheisesti, hyvin läheisesti, se oli hänelle mitä tärkein. Oliko hänen miehensä mahdollisesti epämuotoinen? Mutta miksi sitten rouva käytti huntua? Lääkärin mietteet keskeytyivät, kun ulko-ovi avattiin ja kaksi henkilöä astui halliin, rouva ja nuorehko mies, jotka kummatkin yllätetyn epäluuloisina katsoivat lääkäriin. Tämä nousi ja kumartaen esitti itsensä.

Ilme rouvan terävillä, laihoilla kasvoilla lientyi hiukan, kun hän ojensi kätensä ja kiitti tohtoria saapumisesta.

— Palvelijattaremme on sairastunut ja pelkäämme, että pahastikin. Hän on vanha, uskollinen apulaisemme ja teemme kaiken voitavamme hänen puolestaan.

Lääkäri kumarsi. Hän ei pitänyt rouvasta eikä tämän pojasta, joka seisoi syrjässä ja tarkasteli häntä.

— Anteeksi, tohtori, nuori mies virkkoi keveästi, — miten onnistuitte pääsemään sisään? Saitteko odottaa ulkosalla?

Rouva säpsähti ja katsoi lääkäriin. Tämä kohdisti sanansa rouvalle.

— Minun ei tarvinnut odottaa ulkona. Tyttärenne — otaksuttavasti tyttärenne — kaunis, kalpea nainen ohjasi minut sisään, hän sanoi kohteliaasti.

Äkillinen pelko kuvastui sekä rouvan että miehen kasvoilla, mutta ilme oli niin nopea, ettei lääkäri saanut siitä täyttä selvyyttä. Mutta hän tajusi kuulleensa heikon huokauksen... jostakin muualta, ei hallissa... Oliko hän menetellyt tahdittomasti mainitessaan naisen kauneudesta?

Rouvan ääni vapisi hiukan kun hän pyysi tohtoria seuraamaan itseään. He menivät sairaan luo.

Rouvan aavistukset olivat olleet oikeat. Vanha palvelijatar, joka ainakin sairaana teki yhtä epämiellyttävän vaikutuksen kuin hänen emäntänsäkin, oli todella vaarallisesti sairaana. Tohtori totesi piankin, että hänen jatkuva apunsa olisi välttämätön ainakin ensi yönä, joko hänen tai koulutetun hoitajattaren, jollaista ei kuitenkaan ollut saatavissa. Hän ilmoitti havaintonsa ja pelkonsa rouvalle. Ja hän oli näkevinään, että rouva ja tämän poika vaihtoivat keskenään oudon silmäyksen. Tässä talossa oli salaisuuksia, siitä lääkäri oli varma, mutta hän oli iloinen, etteivät ne liikuttaneet häntä.

Nuori, mustahuntuinen nainen! Niin, hän oli ollut kaunis ja herttainen, vaikka niin suunnattoman hermostunut! Hänen silmänsä!

Tohtoria pyydettiin jäämään yöksi taloon sairasta hoitamaan. Rouva tekisi kaikkensa korvatakseen hänen vaivansa. Kustannukset eivät merkinneet mitään. Ja kun tohtorilla ei sinä iltana ollut enää sairaskäyntejä eikä muita velvollisuuksia, hän suostui jäämään, vilpittömän vastenmielisesti, mutta hän käsitti ja kunnioitti velvollisuuttaan. Vanha palvelijatar oli hengenvaarassa, ellei hän saisi oikeita ruiskeita oikealla hetkellä.

* * *

Iltatee juotiin todella painostavan mielialan vallassa. Lääkäri tuntui kadottaneen koko vilkkautensa, melkeinpä puhelahjansakin. Mutta eipä seura houkutellutkaan puheliaisuuteen. Ilmeisesti talonväki oli sellaista, jolla omissa asioissaan oli tekemistä niin paljon, etteivät halunneet kosketella ulkokohtaisia, yhdentekeviä asioita.

Ja silloin, teetä juodessaan, lääkäri aivojen alitajunnallisen työn vaikutuksesta käsitti, mikä seikka nuoren naisen makuuhuoneessa oli tehnyt häneen oudon vaikutuksen: huoneessa ei ollut kuvastinta.

Tämä oli tietysti pieni, mutta pohjaltaan sitä omituisempi yksityiskohta. Kaunis nainen, ja nainen yleensäkin, vaatimattominkin, tarvitsee kuvastimen! Eikä nainen ollut näyttänyt vaatimattomaltakaan.

Naista hän ei enää ollut nähnyt. Hän ei tullut illallispöytään eikä kukaan sanallakaan viitannut hänen olemassaoloonsa. Hän ei voisi myöskään sitä tehdä.

Teenjuonnin jälkeen hänet johdatettiin yläkerroksen pieneen huoneeseen, joka oli määrätty häntä varten. Jyrkät, epämiellyttävät portaat johtivat toisen kerroksen pieneen halliin. Melkein portaitten juurella oli hänen potilaansa huone.

Ennen nukkumaanmenoa hän vielä kerran kävi sairaan luona, joka oli kovassa kuumeessa ja houraili. Rouva Sarpio ja hänen poikansa olivat läsnä ja levottomina kuuntelivat sairaan epäselvää puhetta. Pelkäsivätkö he mahdollisesti, että vanha nainen kavaltaisi jonkun salaisuuden? välähti lääkärin mielessä.

Mutta hän ei välittänyt heistä, vaan teki tehtävänsä rouvan auttaessa.

— Hän nukkuu nyt pari tuntia, hän ilmoitti lopuksi. — Kiitos avustanne! Ja nyt, ellette pahastu, pyytäisin saada hetkisen kävellä ulkona. Se on tapani ennen nukkumaanmenoa enkä haluaisi siitä luopua. Polttaisin pari savuketta.

Hänet johdatettiin pääoven kautta melkein pimeään puutarhaan. Turhaan hän tähysteli ympärilleen: nuorta, mustahuntuista naista ei ollut ulkona.

* * *

Kun tohtori Auer runsaan puolentunnin kuluttua astui huoneeseensa ja sytytti valon, hän vain vaivoin pidättyi huudahtamasta ääneen.

Vuoteen nojan takana, puolittain piiloutuneena, seisoi mustahuntuinen nainen tehden hänelle nopeita, hermostuneita merkkejä olla hiljaa.

Tohtori Auer ei siis huudahtanut. Hän sulki oven huolellisesti jälkeensä ja asteli rauhallisesti äkillisen, oudon vieraansa luo. Hänen koko olemuksensa oli rauhoittava ja luottamusta herättävä. Ilmeisesti mitä tärkein asia oli saanut tuon hienon, kauniin naisen niin karkeasti rikkomaan sopivaisuuden sääntöjä, että oli tunkeutunut miehen makuuhuoneeseen iltamyöhällä. Lääkäri aavisteli salaisuutta ja oli melkein varma siitä, valittaen vilpittömästi, että nainen oli — sairaaloisen hermostunut, lievintä puhetapaa käyttäen.

Mitään puhumatta hän siirsi tuolin naisen luo ja viittauksella kehoitti häntä istumaan. Nainen totteli. Lääkäri ei puhunut mitään, hän vain hymyili rauhoittavasti ja ystävällisesti.

Äkkiä nainen taivuttautui hänen puoleensa.

— Minä kuulin... olin oven takana... te sanoitte hallissa... te sanoitte... kaunis, kalpea nainen. Mitä te sillä tarkoititte? Minun vartaloani? Minun käsienikö kalpeutta?

Lääkäri hämmästyi kysymyksiä ja niiden sävyä. Ne olivat omituisia kysymyksiä, mutta kysyjän sävy oli tuskainen ja jännittynyt. Lääkäri käsitti, että pila oli kaukana. Hän vastasi vakavasti:

— Tarkoitin mitä sanoinkin. Tehän olette kaunis ja kalpea. En halunnut suinkaan loukata.

Nainen huohotti huntunsa alla.

— Mutta... mutta... ettehän te ole nähnyt minua ilman huntua? Ei, ei, ei toki...

Lääkäri hymyili.

— Kyllä näin. Tänäiltana. Köynnösmajassa.

Nainen jäykistyi silmänräpäyksessä siihen asentoon, missä sattui olemaan. Tuntui, ikäänkuin hän pelkäisi kuulleensa aivan väärin, mutta toivoisi, ettei niin olisi.

— Ilman... ilmanko huntua? hän sopersi.

— Ilman, lääkäri vakuutti.

Ja te sanotte sittenkin minua kauniiksi... taivas!

— Niin sanon eikä minulla ole niinkään huono maku, minulle on joskus sanottu.

Nainen vapisi rajusti koko ruumiiltaan.

— Onko... onko teillä... kuvastinta!

Lääkäri käsitti, että hän joko oli tekemisissä kokonaan mielenvikaisen kanssa tai sitten kyseessä oli outo salaisuus. Hän ojensi naiselle pienen taskukuvastimen. Nainen otti sen vastaan epäröiden, kääntyi valoon päin ja selin tohtoriin seisoen hän hohotti huntuaan. Pieni kuvastin oli puristettu hänen vapisevaan käteensä. Ilmeisesti nainen taisteli ankaraa sielullista taistelua. Hän pelkäsi ja toivoi... Rajulla liikkeellä hän viimein kohotti kuvastinta Ja vilkasi siihen. Muutaman pitkän sekunnin ajan hän sitten oli aivan liikkumaton tuijottaen pieneen kirkkaaseen lasipalaseen, sitten hänen rinnastaan pääsi vihlova, epäinhimilliseltä kuuluva parkaisu, joka kaikui kautta rakennuksen...

Nainen oli nähnyt itsensä ja tämä näky oli tehnyt häneen näin järkyttävän vaikutuksen. Luulotteliko nainen jotain itsestään? Lääkäri katsoi kauniita, nuorteita, vaikkakin kalpeita kasvoja, jotka hitaasti kääntyivät häntä kohti, eikä hän peitellyt ihailuaan. Ja noilla kasvoilla oli ilme, niin avuttoman suloinen, niin herttainen ja kyyneleisen iloinen, että lääkäriä huumasi. Hän katsoi syvälle, syvälle naisen tummiin silmiin nähden hänen sielunsa, joka oli yhtä kaunis ja yhtä puhdas kuin hänen kasvonsa. Hetkessä hän tiesi, että nainen merkitsi hänelle enemmän kuin koko hänen tähänastinen elämänsä

— Minä... minä olen kaunis, nainen huohotti hiljaa vaipuen tuolille takaisin. Minulla... minulla ei olekaan noita kauheita arpia... Oh, kolme vuotta... kolme vuotta.

Samassa temmattiin ovi auki ja rouva Sarpio ja hänen poikansa syöksyivät huoneeseen. He näkivät naisen hunnuttomana, he näkivät kuvastimen hänen kädessään, he näkivät lääkärin... ja käheästi huudahtaen mies syöksyi tohtorin kimppuun, sokeana raivosta. Vaistomaisesti tohtori puolustautui. Hänen kova nyrkkinsä osui kuin sattumalta nuoren miehen leukaan, tämän polvet hervahtivat, pää nuokahti sivulle ja hän vaipui tajuttomana lattiaan rouva Sarpion ehtimättä tehdä mitään. Nainen, kaunis ja kalpea nainen näki lyhyen ottelun ja hänen silmänsä loistivat pelosta ja ihastuksesta.

He seisoivat siinä kolmisin, puhumatta hetkeen mitään, kunnes rouva Sarpio parkaisten heittäytyi poikansa luo.

— Hän tointuu parissa minuutissa, tohtori ilmoitti kylmästi. — Mitä tämä merkitsee?

Mutta hänelle ei vastattu. Rouva hyväili poikaansa. Ja tohtori tunsi käteensä tartuttavan. Nuori nainen kuiskasi hänelle käheästi:

— Oi, tohtori... tulkaa... viekää minut pois... täällä on kamalaa...

Jokin naisen äänessä sai lääkärin kyselemättä tottelemaan. He poistuivat kiireesti huoneesta. Muutaman minuutin kuluttua, saatuaan hätäisesti päällysvaatteensa, he nuoren naisen huoneitten kautta riensivät pimeään, turvalliseen puutarhaan jättäen synkän salaisuuksien talon taakseen. Rientäen pitkin nurmikkoa he tulivat maantielle, mutta vasta päästyään parin sadan metrin päähän jokin outo levottomuus hellitti heidät otteestaan.

— Kiitos, kiitos! nainen kuiskasi hellästi ja puristi lääkärin kättä.

* * *

Tohtorin emännöitsijä oli kummissaan mutta hän ei puhunut mitään, kun sijaislääkäri toi mukanaan, myöhään illalla, nuoren, kauniin ja säikähtyneen naisen. Hän valmisti neidille vuoteen omaan huoneeseensa.

Mutta nainen ei, lääkärin kehoituksista huolimatta, halunnut nukkua. Hän seisoi suuren kuvastimen edessä ja tarkasteli itseään, kauniita, kalpeita kasvojaan, joissa näkyi, leuassa ja otsalla kaksi pientä, valkoista arpea...

Ja sitten nainen, vaipuen onnellisesti huokaisten nojatuoliin, kertoi:

Vihkiäisiltanaan hän miehineen oli joutunut auto-onnettomuuden uhriksi. Hänen miehensä kuoli, hän haavoittui pahasti. Tajuihinsa tultuaan hänen anoppinsa, rouva Sarpio, oli näyttänyt kuvastimessa hänelle hänen omat kasvonsa. Ne olivat niin kauhistuttavat, että hän pyörtyi. Rouva oli ilmoittanut, ettei niitä voinut parantaa, että ne jäisivät ainaisesti sellaisiksi. Hän ei niistä aluksi välittänytkään. Hän suri miestään. Mutta kuvastinta hän ei ollut milloinkaan enää halunnut nähdä. Eikä sitä hänelle näytettykään. Hän piti huntua. Ja rouva Sarpio ja tämän poika olivat uskotelleet, että hän edelleenkin oli hirveän näköinen. Hän eli siten vankina melkein... kolme vuotta... kolme pitkää, raskasta vuotta... Rouva Sarpio oli vapaasti saanut hoitaa hänen suurta omaisuuttaan. Talo oli hänen, se ja paljon muuta... Niin, ehkä hänen henkensäkin oli ollut vaarassa. Tohtorin henki ainakin oli ollut. Hän oli kuullut jotain sellaista nyt illalla.

— Kolme vuotta... kolme vuotta, lääkäri mutisi melkein kauhuissaan. — Kolme vuotta... helvettiä...

Mutta nyt...! He katsoivat toisiaan silmiin. Heidän molempien silmissä oli kirkas lämmin kimallus, niissä oli odotusta ja lupausta, jota he eivät vielä voineet, eivät uskaltaneet sanoin ilmaista.

Punainen ja musta

Esa Aarnin halu, haave ja unelma oli täyttynyt: hän istui Monte Carlon kasinon salissa rouge et noir -pöydän ääressä ja pelasi. Ja hänen takanaan seisoi hänen matkatoverinsa ja ystävänsä, eron saanut majuri Otto Heder seuraten Esa Aarnin peliä.

Totta puhuen majuri ei uskonut silmiään, vaikka hänen kenttäoloissa harvoin oli tarvinnut turvautua kiikariin. Sillä Esa Aarni ei vain pelannut, hän myös voitti. Eikä hän vain voittanut joitakin pikkusummia, joilla olisi voinut lunastaa hävyttömän kalliita ja hävyttömän huonoja savukkeita tai joitakin lasillisia kitkerintä valkoviiniä, ei, hän voitti summia, joille ainakin kotimaan pankeissa olisi suotu harras ajatus.

Tämä oli nyt heidän viides iltansa kasinon salissa ja majuri Heder tiesi, että hänen ystävänsä oli nyt miljoonamies sekä suomalaisen, ranskalaisen että melkeinpä ruotsalaisenkin käsityksen mukaan. Hän oli ensimäisenä iltana aloittanut kolmellatuhannella frangilla, menettänyt niistä kaksi, jatkanut yhdellä, hypännyt kymmeneen, kymmenestä viiteenkymmeneen, niin, vaikea oli enää muistaa pelin kulkua tarkalleen, mutta lopputulos oli ollut, että Esa Aami ennen aamua oli poistunut kasinosta hotelliinsa varakkaana miehenä, rikkaampana kuin oli milloinkaan ollut tai edes uneksinut olevansa.

— Jaha, majuri oli sanonut heidän istuessaan vuoteittensa laidalla, sinä Esa olet aika järkevä mies ja ranskalaiset ja montecarlolaiset saavat pitkän nenän, sillä tietysti me aamulla lähdemme. Ei se ole mies, joka pelissä voittaa, vaan se, joka voittonsa pitää.

Esa oli tuijottanut vaikenevaan aamuun.

— Ylihuomenna koetetaan uudestaan, hän sanoi vienosti ja laskeutui pitkälleen. Majuri oli kironnut hiljalleen. Mitäpä hän muutakaan osasi. Esa oli siis aivan samanlainen kuin muut. Ei edes kehuttu suomalainen kylmäverisyys häntä pelastanut. Hän oli kietoutunut pelihimon pauloihin. Majuri näki henkensä silmillä, kuinka Esa, pelattuaan viimeisen franginsa, sai kasinon johtokunnalta vapaalipun kotimaahansa.

Kirottu aasi, majuri murahti uneen vaipumaisillaan.

Seuraavan päivän hän pääasiassa murjotti ja sitä seuraavana hän tuli toverinsa mukana pelisaliin. Hänellä oli sama tunne kuin upseerilla, joka menee taisteluun missä varmasti tietää saavansa selkäänsä.

Mutta majurin tunteet ja ennakkoaavistukset olivat väärät. Esa Aarni poistui aamupuolella kolme kertaa rikkaampana kuin sinne tullessaan. Ei lihaskaan ollut värähtänyt hänen kasvoillaan pelin kestäessä. Vain joskus hän oli päästänyt lyhyen, käheän ja aiheettoman naurun, joka vaikutti hyvin yksinkertaiselta ja sai Esa Aarnin näyttämään vieläkin yksinkertaisemmalta. Esasta kuiskailtiin jo kasinon saleissa, hänestä ja hänen onnestaan, mutta Esa oli vain yksinkertainen ja ehkä hiukan hämmästynyt ja ennenkaikkea tyytyväinen.

Kolmannen illan jälkeen majuri Heder ei enää kiellellyt. Päinvastoin, jos olisi ilennyt, hän olisi kehoitellutkin. Sillä ilmeisesti Esa Aarnilla oli onni, josta olisi voinut sanoa »nescit occasum». Ja nyt, sinä iltana oli jo kaikille selvää, että ihmeellinen, oudonnäköinen ja yksinkertaisen, ettemme sanoisi tyhmän vaikutuksen tekevä suomalainen voitti ja että hän vakavasti yritteli pankin räjäyttämistä. Se ei tosin onnistunut, vaikka croupier-parka jo pitkät ajat oli siitä varma, mutta siitä huolimatta Esa Aarni taas poistuessaan oli rikas mies minkä maan ja valuutan mittapuun mukaan tahansa.

Majuri Otto Heder ei puhunut mitään. Hänkin oli nimittäin varakas mies: hänen rahansa Esan käsissä olivat paisuneet kuin riisiryynipuuro merimieskertomuksissa.

— Jaha, Esa Aarni sanoi, riisuessaan frakkiaan. — No nyt se sitten saa riittää. Katselkaamme vähän ympärillemme. Noin kohtuullisesti, ei kitsaasti kuin saksalainen, mutta ei tuhlaavasti kuin joku dago tai intialainen nabob.

Majuri Heder ilostui. Ei, kyllä Esa Aarni sittenkin oli kylmäverinen, vaikka rohkea suomalainen. Niin, lopettaa nyt, siinä oli enemmän järkeä kuin olisi ollut lopettaa silloin ensimmäisen illan jälkeen.

— Katselkaamme vain, hän vastasi auliisti.

* * *

Esa Aami oli auttamattomasti yksinkertaisen näköinen suurine sinisine silmineen, vaaleine kankeine hiuksineen ja ihmettelevine ilmeineen. Vaikutusta ei ratkaisevasti parantanut edes Monte Carlon hienoimman (ja kalleimman) räätälin valmistama puvusto, jonka herra Aarni oli kiirehtinyt tilaamaan. Juuri tämä seikka oli aikoinaan vaikuttanut sen, että vikkelämpi-ilmeiset henkilöt olivat niin monasti sivuuttaneet Aarnin elämäntaistelussa. Aami oli ollut yhteiskoulun epäkompetenttina lehtorina, sanomalehtimiehenä, kirjailijana sekä päätynyt mainosmieheksi. Hän osasi liikuttavasti esitellä sekä silkkisukkia että känsävoiteita. Mutta mikään hänen ulkomuodossaan ei viitannut siihen, että hän olisi toiminut aloilla, joilla yksinkertaisuus on kuolemansynti.

Hänen ystävänsä majuri oli maailmanmies, ei loisteliasta, vaan hillittyä ja varmaa tyyppiä, upseeri, joka oli erinomainen sodassa ja josta miehistö piti kasarmipalveluksessa, mutta joka rauhanaikaisissa oloissa oli melko vaikea paikka esimiehilleen. Siksipä Heder, joka oli sukunsa ensimmäinen upseeri vaikka ei suinkaan ensimmäinen sotilas, vaihtoi miekan niin sanoaksemme vekseliin ja antautui liikealalle, missä entisillä sotilailla melkein poikkeuksetta on menestystä. Hederin menestys oli pieni, mutta varma.

Ystävykset »alkoivat katsella ympärilleen», toisin sanoen, he retkeilivät pitkin Cote d'Azuria, kävivät Mentonessa ja Nizzassa, pistäytyivät Espanjan puolella, uivat, istuivat baareissa ja elokuvissa ja väri eleissä sekä näyttelivät itseään Promenade de l'Anglais'lla.

Esa Aarnilla oli jonkunverran romanttinen mielenlaatu ja hän rikkaana miehenä, jonka kuvakin oli julkaistu Monte Carlon lehdissä »onnellisena suomalaisena», ikävöitsi jotakin seikkailua, mihin proosallisempi ja hillitympi majuri aina pani hillityn vastalauseen.

— Vai seikkailua! Siinä on ihan tarpeeksi seikkailua, että sait nuo pennit ketetyiksi tuosta kasinosta.

Itse asiassa Esa Aarni, miljoonamies, ei ikävöinyt seikkailua ylimalkaan, vaan hyvinkin määrättyä seikkailua.

Hän tiesi seikkailun nimenkin: se oli nuori paroonitar Yvette du Pin, viehkein olento Esa Aarnin tottumattomissa silmissä. Ja Aarni oli sisimmässään toisinaan ihan varma, että hänkin oli herättänyt jonkinlaisia tunteita viehkeässä Yvettessä. Kun hän esimerkiksi toissailtana — mentyään ensi kerran suurten voittojensa jälkeen leikillään pelaamaan kasinolle — jälleen oli voittanut pienen summan, niin viehkeä Yvette, joka istui hänen vieressään, loi häneen pitkän, säihkyvän katseen, jonka jälkeen rouge et noir tuntui nappipeliltä ja samppanja vanhalta kaljalta. Mutta — vaikka hänellä oli miljoonia — mainosmies Esa Aarnista paroonitar Yvette du Pin'iip on toisinaan pitempi matka kuin maasta aurinkoon, kuvaannollisesti puhuaksemme.

Mutta toistaiseksi Esa Aarni luotti siihen, ettei Monte Carlossa mikään ollut mahdotonta. Niin hänelle oli kerrottu ja tähän kertomukseen perustuen majuri oli pahoittanut hänet myöskin turvaamaan omaisuutensa sijoittamalla sen varman pankin hoitoon.

Kuten muutkin suurmiehet Esa Aarnikin käytti vain maksuosoituksia, joita vastaanotettiin yhtä auliisti kuin leimattuja, uudenuutukaisia kultarahojakin.

Sitten, eräänä iltana, auringonlaskun sädehtiessä Välimerellä, Esa Aarni käveli muutamassa puutarhassa odottaen — turhaan — majuriaan, joka oli mennyt postitoimistoon hoitamaan yhteyttä kaukaisen kotimaan kanssa.

Käytävät olivat melko autiot ja Esa Aarni oli vaipunut n.s. ajatuksiin, kun hän läheltä kuuli pienen, tuskaisen huudahduksen. Se oli naisen huudahdus. Hän riensi eteenpäin ja näki pensasryhmän kierrettyään nuoren naisen melkein maahan vaipuneena ja hiljaa valittaen. Nainen oli hienosti puettu ja Esa Aarni kiiruhti lähemmäksi. Ja silloin hän, päästyään naisen eteen, hätkähtäen tunsi: paroonitar du Pin.

Esa Aarnin ranska ei ollut ihan diplomaattien käyttämää, mutta sai siitä selvän niinpä Esa pienen kangertelun ohessa sai toimitetuksi, että hän olisi valmis kaikkiin ja mahdottomiinkin, mikäli hän saisi tietää, mikä mademoisellea vaivasi.

— Oh, monsieur de Finland! nainen huudahti vienosti ja veitikkamaisesti, mihin huudahdukseen sekoittui tuskaakin. — Loukkasin nilkkani... minä... minä en voi yhtään astua...

Esa Aarni kumarsi.

— Mitä... mitä toivoisitte minun tekevän... tuon apua... anteeksi, minne olitte matkalla?

— Kotiin... Niin, auto... mutta, eihän auto voi tulla tänne...

Hän hymyili raukeasti. Silloin Esa Aarni, muistaen, ettei mieheltä aina odoteta niin paljon sanoja kuin tekoja, kumartui ja otti ihanan olennon syliinsä lähtien häntä kantamaan puiston uloskäytävää kohti. Viehkeä Yvette huokasi heikosti, mutta tuossa huokauksessa ei ollut jälkeäkään vastustelusta.

Auto oli kadulla sopivan lähellä, niinkuin Monte Carlossa aina on, ja muutaman minuutin kuluttua monsieur de Finlande ja viehkeä Yvette istuivat rinnakkain. Yvette kuiskasi komean hotellin osoitteen.

Kumpikaan ei puhunut mitään. He vain väliin katsoivat toisiinsa ja hymyilivät hiukan, Yvette avoimesti, Esa sisäisesti.

Auto pysähtyi ja nyt alkoi Esa Aarnin loisto-osa. Sylissään viehkeä olento kiedottuna silkkiin, samettiin, kultaan ja ties mihin, astui hämmästelevän yleisön, hämmästelevän ja kadehtivan, keskitse suoraan hissiin ja hetken kuluttua laski kauniin taakkansa pehmeälle divaanille loisteliaassa hotellihuoneessa.

— Mutta Yvette! Mitä, herran tähden? huudahti vanha, arvok-kaannäköinen herrasmies, jonka Esa Aarni tunsi parooni du Pin'iksi. Samassa juoksi siihen viereisestä huoneesta myös nuorehko, erittäin elegantisti puettu mies, jonka Esa taas tiesi nuoremmaksi parooniksi, Romain du Pinkiksi. Niinkuin näkyy, Esa oli hyvin perehtynyt mahdollisen seikkailunsa nimiluetteloon.

Yvette, nauraen tuskaisesti, selitti, Monsieur de Finlande oli hänet pelastanut. Esa Aarni kumarsi hämmästyneesti, minkä jälkeen hänen käsiään puristettiin ja olisi häntä kai suudeltukin, ellei hän itsesuojeluvaistonsa pakoittamana olisi ajoissa peräytynyt. Hetkessä oli soitettu lääkäri, herrat vetäytyivät toiseen huoneeseen, Esa pakoitettiin jäämään ja hänen ylitseen vyöryi kuin valtameren nousuvesi kiitosten ja ylistysten ryöppy. Seurasi sitten juhlallinen esittely, lasillinen viiniä ja ehdoton kutsu päivälliselle. Du Pin-suku halusi tutustua ritarilliseen muukalaiseen ja pyyntöön yhtyi, lääkärin käsittelyn jälkeen myöskin viehkeä Yvette. Ja mainostaja, silkkisukkien ja känsävoiteitten lyyrillinen ylistäjä, herra Esa Aarni vaikutti jos mahdollista entistä yksinkertaisemmalta ja hämmästyneemmältä. Hänen ranskansa sujui kankeasti, mikä ei ollut kuitenkaan niin tärkeää, sillä du Pin'it pitivät huolen keskustelusta, ja silloin tällöin hän päästi lyhyen, käheän, aiheettoman naurun, mikä, luvalla sanoen, tuntui melkein idioottimaiselta.

Ja niin istuivat sinä iltana päivällisellä feodaaliajan paroonien jälkeläiset ja mainosmies Esa Aarni, joka ei milloinkaan ollut vaivautunut ottamaan selkoa suvustaan, ei edes mahdollisen perinnön toivossa. Ilta oli kuin uni ja unelma ja majuri Otto Heder oli täydelleen unohtunut. Hän käveli aikansa ympäri Monte Carloa, noiduskeli totuttuun tapaansa, käväisi baarissa, elokuvissa ja meni sitten pahalla tuulella nukkumaan. Uusi miljoonamies oli karannut omille teilleen.

* * *

Kello yhden aikaan yöllä majuri Otto Heder herätettiin siihen, että hänen yltään kiskaistiin peitto ja hänen raukeitten ja kiukkuisten silmiensä eteen asetettiin lasillinen samppanjaa. Esa Aarni oli palannut seikkailustaan, minkä hän mehevin lennokkain ja kerrassaan runollisin sanoin, kääntein ja vertauksin kertoi ystävälleen. Majuri katsoi häntä kuin nahkapoikaa, joka ei puolen vuoden harjoituksen jälkeen kykene eroittamaan vääpeliä kenraalista.

— Hm, vai niin. Minua nukuttaa, hän virkahti kuivasti ja yritti kääntyä toiselle kyljelleen. Siitä ei kuitenkaan tullut mitään, sillä Esa ei jaksanut kärsiä, että hänen suurenmoiseen seikkailuunsa suhtauduttaisiin noin penseästi. Hän alotti kuvauksensa uudelleen ja kansanomaisemmin.

— No, mitäs arvelet? Eikö sattunut?

— Ka, sattui. Aiotko naida sen Yvetten?

Esa Aarni kiivastui.

— Sinä taidat olla kateellinen. Mennä naimisiin! Olen vasta tullut esitellyksi. Huomenna lähdemme ajelulle.

— Jaa, jaa, sehän on helppo arvata. Kuules, pitkälläkö luulet penniesi riittävän, mikäli Yvette pääsee niihin käsiksi?

— Pidä suusi! Hienoa väkeä, kauttaaltaan, ekstra priima, siitä lyön vaikka vetoa.

— Paljostako? majuri tiedusteli virkeämmin ja nousi istumaan, — Viisikymmentätuhatta frangia?

Esa Aarni ojensi kätensä. — Päätetty. Ei silti, että minä vielä mitään aikoisin, mutta mc olemme täällä huvittelemassa ja totisesti, mikä on virkistävämpää kuin nuoren, kauniin ja hienon naisen seura. Ja hänen isänsä... ja veljensä... me joimme, Romainin kanssa sinunmaljat... vaikka se ei yleensä kuulu ranskalaisten tapoihin, tiedän sen. Ja he kysyivät sinuakin... minä esittelen sinut huomenna, vaikka et sitä ansaitsisikaan.

— Sepä oli kauniisti tehty. Heder virkkoi vilpittömästi. — Mutta nukutaan nyt.

* * *

Esa Aarni oli lukenut, kuinka tyhjää, sisällyksetöntä ja ikävää ylhäisön ja suurrikkaitten elämä oli ainaisina huvituksineen, joissa vuorottelivat juhla-ateriat, retket, urheilu, matkat, hakkailu, n.s. taide. Nyt seuraavina päivinä Esa joutui tarkistamaan näitä väitteitä ja hänellä olisi ollut koko joukko reunamuistutuksia tehtävänä noihin kirjoihin. Sillä Yvetten seurassa oli kaikki suurta ja kiehtovaa juhlaa eikä molempien paroonien ja majurin seurakaan kyennyt sitä muuksi muuttamaan. Aamuin ja päivin, illoin ja öin he olivat yhdessä huvitellen perusteellisesti. Kustannukset tasattiin, se oli molempien puolien ehdottomana vaatimuksena. Majuri Heder joutui häpeään varoittaessaan yksinkertaista ystäväänsä pelaamasta du Pin'ien kanssa. Esa pelasi ja hienokseltaan voittikin.

Esa Aarni alkoi itsekseen ajatella perin kosmopoliittisesti ja suunnitella elämänsä siirtämistä maailman suuriin keskuksiin. Olihan hänellä rahaa ja se avaa pääsyn. Ja se antaisi hänelle mahdollisuuksia liikesuhteisiinkin. Kaiken takana oli Yvette. Ilmeisesti Yvette oli kiinnostunut ja kaikesta. Matkoillaan he juttelivat kaikesta ja Esa Aarni edistyi suurenmoisesti ranskankielessä. He kävivät tavarataloissa, pankissakin — Yvette asioitsi samassa pankissa kuin Esakin — näyttelyissä, teatterissa ja oopperassa, kasinolla ja suurissa ravintoloissa. Heidät nähtiin ja tunnettiin kaikkialla. Ja Yvetten ruskeissa, loistavissa silmissä oli sädehtivä, tutkimaton mutta paljon, niin, kaikkilupaava katse... Eikä miespuolisilla du Pin'eillä ollut mitään muistutettavaa.

Ainoa, joka sisäisesti murjotti, oli majuri Otto Heder. Mutta hänen murjotuksensa ei merkinnyt mitään, jos nyt kuka sitä huomasikaan.

* * *

Ulkona oli kirkas, sädehtivä aamu, kun Esa Aarni viimeisteli pukeutumistaan. Majuri Heder, pyjama yllään ja savuke suussaan, lojui haluttomana nojatuolissa silmäillen Monte Carlon ainoata valtiollista sanomalehteä.

— Etkö aio lähteä? Aarni tiukkasi.

— En, tuli lyhyesti. — Sano vaikka mitä. Voit pyytää anteeksikin. Sano, että olen tullut hulluksi taikka maamme pääministeri on minua tapaamassa.

Majurin haluttomuus ei kyennyt masentamaan herra Aarnin mieltä. Hänet oli kutsuttu du Pin'ien luo aamiaiselle tai lounaalle eikä hän aikonut kieltäytyä.

* * *

Siitä tulikin loistavin ja hauskin lounas, millä Esa Aarni milloinkaan oli ollut. Kaikessa oli ranskalaista välittömyyttä ja vilkkautta yhtyneenä ranskalaiseen vapaamielisyyteen, joka lounaallakin sallii nestemäisten aineitten runsaanlaisen käytön päinvastoin kuin Englannissa. Yvette ihan säteili, vanha parooni du Pin myhäili ja Romain käyttäytyi kuin tuleva lanko.

Esa Aarni tunsi menevänsä pyörälle päästään.

Äkkiä kumartui vanha parooni du Pin hänen puoleensa vilkuttaen veitikkamaisesti silmäänsä.

— Sanokaapa, suomalainen ystävämme, paljonko teillä vielä on pankkitilillänne jäljellä? Tehän elätte kuin ruhtinas.

Se oli läheistä, hienoa imartelua ja Esa Aarni ilmoitti, että hänellä on pankissa vielä noin parikymmentä miljoonaa.

— No niin, sitten ei hätää, parooni nauroi. — Katsokaas, meillä olisi pieni liiketoimi.

Yvette siirrähti sivuun, ateria oli jo lopussa. Ja sitten molemmat paroonit huolettomasti vetivät esille isohkot, pahannäköiset pistoolit asettaen ne pöydälle.

— Niin, ei sanaakaan! Eikä huutoa! Me tarkoitamme totta. Ja nyt puhun minä.

Esa Aarni tunsi ikäänkuin jollakin tavoin kutistuvansa ja taas paisuvansa, ohimot tuntuivat tyhjiltä, sydän täydeltä, silmissä hämärsi ja hänellä oli painajaisunen pelko. Mitä?

— Niin, katsokaas, kaikella on aikansa, nuori ystävämme! Me olemme nyt huvitelleet. Yvette on tuhlannut aikaansa säälimättä. Me aiomme matkustaa nyt heti. Ja siksi me pyytäisimme tiliämme, kuinka sanoisin, muistolahjaa, niistä unohtumattomista päivistä. Aika on paha ja du Pin-suku on köyhä. Tahtoisitteko niin ollen ystävällisesti ottaa esille shekkikirjanne!

Esa Aarni päästi, niin kuin hermostunut, suunniltaan oleva ihminen voi tehdä, lyhyen, käheän naurun. Hän veti melkein koneellisesti esille pyydetyn kirjan.

— Ja nyt, olisitteko ystävällinen ja kirjoittaisitte maksuosoituksen... niin, hm, kaikkea ei voi ottaa... ottaa... ei, ei likikään..., hm, niin, sanokaamme summaksi neljätoista miljoonaa yhdeksänsataa viisikymmentäyksituhatta ... niin...

Esa Aarni katsahti pistooleihin ja katsahti shekkikirjaan. Sitten hän taas idioottimaisesti naurahti.

— Minä en voi kirjoittaa, sillä hienokärkinen kultakynäni ei ole mukanani. Taikka voin, mutta... seuraukset voivat teille olla ikäviä.

Hän katsahti Yvetteen, hyvin rauhallisesti ja maltillisesti. Yvette ei katsonut häneen, mutta hän nyökkäsi. Niin, monsieur käytti tuota kynää.

Parooni puri huuleensa. — No, niin, siis kirjoitatte ja pyydätte tuota kynää. Hotellin asiapoika saa käydä noutamassa. Nopeasti.

Ja Esa Aarni kirjoitti. Minuutin kuluttua parooni Romain oli järjestänyt asian.

Seurassa vallitsi pingoittunut mieliala. Esa Aarni vaikutti yksinkertaiselta edelleen, mutta rauhalliselta, hyvin rauhalliselta. Du Pin'it salassa ihailivat uhriaan. Heidän vieraansa, jolta he tuttavuudestaan aikoivat kiskoa melkoisen veron, kaatoi itselleen lasillisen portviiniä ja maisteli sitä tupakoiden samalla. Hän ei katsonut kehenkään.

Runsaat juomarahat olivat vaikuttaneet sen, että kaivattu kynä saapui jo puolentunnin kuluttua. Se ojennettiin Esa Aarnille odottavasti hymyillen.

Esa Aarni ei enää miettinyt mitään. Se ei olisi mitään hyödyttänyt. Kaksi pistoolia häikäilemättömien miesten käsissä on vakuuttava todiste vastustelujen turhuudesta. Ja toiseksi: kun kerran Yvette, viehkeä Yvette oli hänet niin pettänyt, mitä merkitsivät silloin frangit. Ja tottuneesti kuin monimiljonääri konsanaan Esa Aarni täytti shekkikirjansa lomakkeen. Hiukan vaille viisitoista miljoonaa! Hm, kaunis summa joka tapauksessa. Hänelle itselleen jäisi tuskin viittäkään. Mutta sekin olisi enemmän kuin hän oli odottanut.

— Olkaa hyvä! hän sanoi ärsyttävän rauhallisesti ja ojensi paperin. Parooni kiitti.

— Mutta kirje vielä! Kas tässä! Minä sanelen. Siis:

Herra Johtaja. Olen parhaillani kireissä ja kiireellisissä neuvotteluissa, joten pyydän, että mukanaseuraava shekki lunastetaan ja luovutetaan rahat hakijalle, paroonitar du Pin'ille, joka on ystävällisesti suostunut tämän asian toimittamaan, tietämättä kuitenkaan, mistä varsinaisesti on kysymys. Pyytäisin saada pienehköjä seteleitä sekä osan kullassa. Valmistanette niistä käärön, minkä paroonitar saa mukaansa. Kiittäen etukäteen vakuutan kunnioitustani teidän

Esa Aarni.

Kaksi kertaa Esa Aarni maisteli lasistaan, mutta muuten hän ei keskeyttänyt työtään. Hän kirjoitti myös osoitteen kirjekuoreen ja sulki kirjeen sinetillään. Koko du Pin-suku oli ihmeissään ja ihastuksissaan suomalaisen pelaajan alttiudesta ja kylmäverisyydestä. Osasipa mies, totta vieköön, näyttää hyvää naamaa huonossa pelissä, osasi! Vanha parooni siemaisi konjakkia ja Romain tupakoi lakkaamatta. Ei, mitään vaaraahan ei ollut. Shekki oli ollut moitteeton.

* * *

—Olkaa hyvä, madame! pankinvirkailija sanoi kohteliaasti paroonitar du Pin'ille kohta sen jälkeen kuin tämä oli jättänyt kirjeen kassaan, — Johtaja haluaa tavata teitä. Tätä tietä, madame!

Yvette hymyili viehkeästi eikä hymy ollut ennättänyt kuolla silloinkaan, kun hän johtajan huoneeseen tultuaan äkkiä tunsi saaneensa ranteisiin ohuet, mutta lujat käsiraudat.

— Mitä ... mitä? hän sopersi sitten.

— Sitä vain, madame, johtaja selitti kohteliaasti, ettei monsieur Aarnin tilillä tässä pankissa, nimittäin juoksevalla tilillä, ole kuin vähän yli miljoonan. Ja monsieur Aarni on sitäpaitsi kertakaikkiaan selittänyt, että jokainen shekki, joka nousisi yli viidenkymmenentuhannen frangin, olisi pakotuksesta kirjoitettu ja sen esittäjä pidätettävä. Monsieur Aarni on hyvin älykäs ja varovainen mies, madame! Ja nyt ... viisitoista miljoonaa! Ehkä madame koettaa selittää.

Siitä selityksestä ei kuitenkaan tullut mitään. Sensijaan ilmestyi pankkiin jotenkin niinä aikoina eronsaanut majuri Otto Heder, joka hotellissa pistäytyessään oli saanut kuulla kultakynän noutamisesta. Ja majuri sai nähdä, että Monte Carlon rikospoliisi toimii yhtä nopeasti kuin hienostikin.

* * *

Aika kului du Pin'ien mielestä hitaasti, mutta niinhän ajan tapana on sulkea. Odotus ei kuitenkaan muodostunut liian pitkäksi, sillä ennenkuin du Pin'it arvasivatkaan, huoneeseen syöksähti viisi hienosti puettua miestä, kaikilla pahannäköiset pistoolit käsissä.

Vanha parooni du Pin säilytti malttinsa ja tiedusti, mikä oli voinut viedä suunnitelman karille. Esa Aarni vastasi:

— Katsokaas, tämä on aritmetiikkaa eikä aritmetiikassa voida yhdestä ottaa pois viittätoista. Hyvästi.

— No niin, siinä se seikkailu sitten oli, majuri sanoi kuivasti.

— Siinä. Esa Aarni vastasi rauhallisena. — Mutta viehkeä tuo Yvette oli. Sääli, sääli!

— Oh, älä liiaksi surkuttele, majuri lohdutti. — Ranskassa on kyllä laki, mutta se ei mainittavasti koske kauniita naisia. Ja Yvette on kaunis.

Alkuperäiset julkaisuyhteydet

Housut – *Satakunnan Kansa* 21.5.1933.
Jahti A 21 – *Maailma: kesälehti* 1934.
Jerikon kauppias – *Laatokka* 14.3.1931.
Lääkärin seikkailu – *Satakunnan Kansa* 26.8.1933.
Majuri Perhiön juttu – *Jännike* 37/1937.
Maskotti – *Satakunnan Kansa* 3.12.1933.
Musta kissa – *Karjalainen* 24.5.1930.
Opetus – *Satakunnan Kansa* 14.8.1932.
Porsliinia – *Satakunnan Kansa* 8.10.1933.
Punainen ja musta – *Satakunnan Kansa* 24.12.1932.
Sininen jälki – *Karjala* 16.10.1932.
Yö – *Jännike* 31/1937.

Luettelossa lehdet, joista Karilan tekstit otettu tähän kokoelmaan. Tekstejä on saattanut ilmestyä aiemmin myös toisissa lehdissä.

Jälkisanat:

Lisää kertomuksia Karilan tarinapajasta

Olli Karila (oikeasti Niilo Pärnänen, 1897-1936) oli 1920- ja 1930-luvuilla suosituimpia kotimaisia jännityskirjailijoita. Romaanien lisäksi hän kirjoitti kymmenittäin tarinoita eri lehtiin, joissa hänen nimensä oli selkeästi myyntivaltti.

Tämän valikoiman olen toimittanut samalla tavoin kuin aiemman *Kuuden minuutin seikkailun*, jonka jälkisanoissa olen kertonut laajemmin Karilan elämästä ja tuotannosta. Ilmiselvät painovirheet olen korjannut, mutta kieliasu saa kertoa kirjoittamisajastaan. Sen vuoksi teoksessa saattaa jotakuta esimerkiksi »peloittaa». Karila käytti myös ajoittain jonkin verran persoonallisia ilmauksia, jotka eivät hänen oman aikansakaan kirjakieleen kuuluneet.

Kertomuksen etsimisessä korvaamattomaksi avuksi ovat olleet Kansalliskirjaston digitoimat huikeat määrät vanhaa sanoma- ja aikakauslehtiaineistoa. Kiitokset myös Jyväskylän yliopiston kirjaston henkilökunnalle, joka on minulle etsinyt varastoistaan Kanavuoren uumenista lähes sata vuotta vanhoja, usein äärimmäisen harvinaisia aineistoja.

Kokoelmaan valitsemani tarinat ovat kaikki alun perin 1930-luvulla julkaistuja. Ajankohdan huomaa monesta asiasta. Kieltolaki päättyi 5.4.1932, mutta tarinoissa se on monin tavoin läsnä. Tarinoissa on niin pirtusalakuljettajia kuin lakia edeltäneiltä ajoilta ollut alkoholia, joka kertomuksessa »Porsliinia» koituu rikollisten kohtaloksi. Aikakauden ajattelutapojen piirteitä voi nähdä siinä, että eräässä tarinassa herrasmies ja vieläpä tohtori ei voi olla rikollinen – ja toisessa taas poliisikin voi olla, kun on ulkomaalainen. Tarinoissa käyttökelpoisiin konniin kuuluvat myös neuvostovakoilijat.

Monet Karilan tarinoista sijoittuvat suomalaisiin kartanoihin taideaarteineen ja hovimestareineen – jossa on ehkä enemmän aikakauden brittidekkarien vaikutusta kuin tuolloista suomalaista todellisuutta. Karila vei usein lukijansa myös kansainvälisiin ympyröihin, ympäri maailmaa. Ajankuvan kannalta mielenkiintoisemmiksi olen kokenut kotimaahan sijoittuvat tarinat. Tähän kokoelmaan olen kuitenkin ottanut mukaan myös kertomuksen »Punaista ja mustaa», jossa ollaan Monta Carlossa. Kirjailijan omat matkat eivät välttämättä sinne asti yltäneet, mutta Monte Carlon pelipöydät olivat tuon ajan viihdekertomuksissa tavanomainen ympäristö luoda suuren rahan ympärille jännitystä.

Kirjailijan työtapaa kuvasi hänen journalistikollegansa, *Karjala*-lehden pakinoitsija, »Kustaa» muistokirjoituksessa:

> Kun hän oli napannut aiheen, istahti hän tuolille, sytytti savukkeen, nosti kirjoituskoneen eteensä ja alkoi naputtaa. Harvaan mutta hartaasti! Ilman keskeytystä. Ja kun juttu oli valmis, ei konekirjoituksessa ollut ainoatakaan oikeinkirjoitusvirhettä, ei siihen tarvinnut lisätä mitään eikä ottaa pois pilkkuakaan. (*Karjala* 29.12.1936.)

Tällä tavalla Karilan tekstejä syntyi hämmästyttäviä määriä ilahduttamaan oman aikansa lukijoita, tuomaan heidän elämäänsä hiukan jännitystä, huumoria ja romantiikkaa. Ehkä hän olisi yllättynyt, jos olisi saanut tietää, että ne saavat uutta yleisöä vielä lähes sata vuotta myöhemminkin.

Jyväskylässä 20.1.2025.

Juha Järvelä

Sisällys